伊莎贝拉

ISABELLA

张 零◎著

花山文艺出版社

河北·石家庄

图书在版编目（CIP）数据

伊莎贝拉 / 张零著. -- 石家庄：花山文艺出版社，
2022.3
  ISBN 978-7-5511-6091-9

  Ⅰ．①伊… Ⅱ．①张… Ⅲ．①幻想小说－中国－当代
Ⅳ．①I247.5

中国版本图书馆CIP数据核字 (2022) 第031215号

书　　名：**伊莎贝拉**
　　　　　Yishabeila

著　　者：张　零

责任编辑：刘燕军
责任校对：杨丽英
封面设计：郭　葭
美术编辑：王爱芹
出版发行：花山文艺出版社（邮政编码：050061）
　　　　　（河北省石家庄市友谊北大街330号）

销售热线：0311-88643221
传　　真：0311-88643234
印　　刷：石家庄市西里印刷厂
经　　销：新华书店
开　　本：880 毫米×1230 毫米　1/32
印　　张：7.75
字　　数：160千字
版　　次：2022年3月第1版
　　　　　2022年3月第1次印刷
书　　号：ISBN 978-7-5511-6091-9
定　　价：48.00元

序

我对文字的所有渴望都源自音乐的共鸣，不敢想象如果有一天我失去了听觉，那么一定是地狱的降临。在六大艺术中，音乐是最容易在人们之间传递意识和能量的。雕塑最具存在的意义，文字最容易被理解，绘画最具次元感，舞蹈最具有力量，而音乐最易被感知。它好像是我们开启灵魂之门的第一把钥匙，向我传递了即便是文字也无法描述的知识，是的，那是关于所有存在的知识。于是，我心怀感激之情，用文字记载下所有它的馈赠，希望不会被遗忘。

在写完第一本小说《寻找香奈儿》后，我一度犹豫是要先继续写这本《伊莎贝拉》的故事，还是要先记载下《烤鱼的滋味》。一向十分讲究公平公正的我，认为既然《烤鱼的滋味》是先来的灵感，那么就应该先把它完成。它们就好像幼稚园的小朋友一样，而我作为一个照顾它们周全的阿姨，应该一视同仁。可是最近听的音乐，看的电影、书籍、杂文，甚至是楼下花园除草机的嘈杂声，好像都在催促我完成《伊莎贝拉》。它已经站在我思想的大门口了，除了打开门迎接它，别无选择。

伊莎贝拉，这个让人恋恋不舍的岛屿，到底在哪儿，我也不知道。可是，我却一定要把岛上发生的事情记录下来，因为这可能是另一个次元里我们最后的希望。其实我在决定立即着手把这部小说写完的时候，疲乏已经彻底侵占了我的双眼，我感觉自己一直在盲打字。一种莫名的能量催促着我记录下每一个词语，所有从我脑中飘荡过的语句，我都不能遗落，要一字一句地呈现在这个我看不见也看不清的世界。噢，上天，感谢您赐予我们这么多美好感知，总是能让人在无尽的黑夜看见海面上一丝的光亮，远远地飘来怡人的芬芳，让人难忘。如果你还没有意识到自己的感知可以多么强大，就真正地错过了这段旅途中所有美好的风景。这本小说就献给每一个人，希望你们可以更认真地呼吸。

因为愚钝，我只能用粗浅的思维符号来强调意识能量的存在。在此基础之上，我想再强调另一件事，这本书本身就是一个失败的诡计，悲戚的恶作剧。

我不反对校稿这个流程，但是也不是很赞成。提笔忘字，逻辑失误，都是我的家常便饭。不喜欢用太多奢华的辞藻来伪装自己，因为我自知面具已经戴得太多，时而有窒息的幻觉。我也从来不介意，文章里写错一个偏旁部首，或者公众场合念错一个音，因为这些看似了不起的谬误，远远比不上我们遗失的力量。如果一定要给它下一个定义——那只能是荒诞不经。

以下是我想给读者的一些阅读建议，不喜欢的人可以直接翻至正文。

第一，这也是我在生活中各种可能的途径中，千方百计地给你们"洗脑"的一点，这里说的"意识"并不是"思维"，具体反方向参照生物学上的定义。

第二，读不懂是应该的，读懂的人，我期待你们邮件给我复述一遍故事本身，因为我真的不知道，你们是否跟所有人一样充满好奇。

第三，建议阅读前用洗手液清理一下你的思维，记得揉搓至起泡沫并持续一分钟。以上过程重复三次，这非常有助于你对本书的感知。

第四，特别鸣谢一路支持我的朋友们，尤其是四毛克利斯朵夫后花园的病友们，就像我重复无数次的一句话——我们是叠加的，这个荒诞不经的耻辱属于每个人。

第五，自己给自己写序，没什么特别的原因，简单地再说一遍——我们的意识是叠加的。这篇并不正经的序，落款可以写莫扎特、白居易、莎士比亚、老舍、玛丽莲·梦露、玛莉莲·曼森、科比·布莱恩特等任何你能想到的人，包括你自己。我不想过多解释细节，多说无益。

第六，很多人问我坚持去做一件笃定失败的事，背后到底有什么深不可测的原因？不要再纠结于给自己，给别人，给这个世界下定义了。不二化地去接受一切，才能成为一切。忙着下定义的人们，你们迟早是要"下线"的。

第七，勇于抛弃定义的人，才能不断走出舒适区，遇见最终的真实——它不仅在这本书里，也在你羞于承认的每一次经历里，哪怕只是一场噩梦。

第八，十分老套地说，请重复感知前八条。另外一个重要的原因，就是九，这个数字，具有未知力量的强大意识力，请自行体会。

祝大家成功地让当下成为永久，逃离出这个纷繁的时空局。

四毛 Megan

2022 年 1 月 13 日

目录

引　子

AI 纪年 2048 年，世界在经历了人工智能的暴乱后，终于又回归了平静，至少是在表面上。这场战争的结果，人工智能显然一败涂地，然而，人类好像也没有取得真正的胜利，因为我们好像败给了自己，迷失了对自我的定义。

自 AI 纪年 2017 年，第一位人工智能机器人 Sophia 被授予沙特国籍，人类文明开始了一个新的纪元。智能机器人的出现好像重现了工业革命的繁荣，社会经济结构产生了质的改变。无人超市，无人酒店，智能物业，智能医疗……从生产领域到服务产业，甚至是技术行业被人工智能由外而内地彻底洗刷。投资者们极度追捧这种低成本高效率的产业链，颂扬科技发展即将带来的新人类文明。

地球上的环境越来越恶劣，资源的匮乏已经无从掩饰。地球的南北两极已经仅仅存留在视频资料里，北极熊和企鹅，仅列在啮齿龙之后，成为生物学家研究的重点对象。大西洋的浅水区温度日均达到 40 摄氏度，众多海洋生物濒临灭绝。世界各国都在抢夺资源，寻求生存的噩梦中，海底两万里，不再是一个文学课题。

如何能让人工智能潜入海面以下两万多米去攫取更多，成为人类棘手的问题。深海里无法估量的恐怖水压，是地球上任何一种金属元素都无法抵抗的。

几经挣扎无果，联合国只好开始缩减人口。AI 纪年 2030 年，联合国组织中绝大部分国家投票通过了一项重要决议——计划生育政策。从此，每年联合国都会通过上一年的人口数据和资源结构变化，分配给每个国家新生儿的指标。经历几个世纪，好不容易争取来的人类文明，好像在一夜之间退回到一千年以前，每个家庭想生孩子一定要先提交申请。

然而，人类最大的危机，并不止这些。人工智能呈指数型增长，同时新技能魔幻般地每天都在改变这个社会，人类挣扎在资源桎梏的边缘时，竟然渐渐被人工智能暗中清洗，变成了两者在社会结构中势均力敌的情况。AI 开始有自己的兴趣组织、培训机构，甚至是政治组织，尤其是他们有了公民权以后，更是对社会产生了不可估量的影响。在某些技术或者管理领域，甚至出现人类无法超越 AI 的现象。社会阶级矛盾愈发明显，人类和 AI 之间产生了敌意、挑衅甚至是战争。

每个清晨，这一定是新闻报道必不可少的关注点。AI 的公共停车位是否应该被特殊划分？为什么佛罗伦萨的街道上的餐厅越来越少，香榭丽舍大街上的品牌也越来越少？医院手术台上是否应该保留至少一位人类的医生呢？AI 是否可以在人类学校里任教，尤其是中小学？如何看待那些崇尚 AI 到想要植入智能器官的人类？AI 是否有权生活超过人类寿命两倍的时间，到他们被报废为止？我们到底是真的提高了生活品质，还是正在失去生活？

我们对划分 AI 和人类界线的意识越来越模糊。

这些不断激化的矛盾，驱使极少数 AI 私下组织了自己的政权组织，被称为 TAIT。虽然数量极少，却引起了国际政府的极度关注。因为这是我们人类一直担心的事情，AI 会摧毁人类。然而人类已经没有退路，不能一键撤回 AI 的存在，只能把希望寄托于伟大的爱因斯坦生前留下的最后一个课题，那就是人类的意识。没错，意识，是 AI 无论如何都不能复制的，这是属于人类的力量。

AI 纪年 2036 年，联合国组织中一名以色列籍生物学家兼物理学家吉尔·哈尔，他实验的成功终于开启了人类意识探究的大门。结果表明用生化方式清洁人类大脑的记忆，从另一方面可以开启他们不可预测的能力。这些用科学无法解释的能力，我们曾经对它们有一些概括，比如超能力、邪术、巫术、鬼上身，等等。虽然人类还在对这种能力的探究中，但为了遏制 TAIT 快速扩张导致难以想象的恐怖结局，各国政府秘密会谈，几经争执，终于做了最后的决定，那就是 DUP——未知人类研发协会。

DUP 的第一批接受试验的人员全部来自世界各地监狱的死刑犯。第一批 100 个 DUP，经过一年的试验和训练，成为人类的第一批非 AI 武装。这也是世界上最早的未知新人类。

上卷

巨人之路

1

伊莎贝拉，隐约的啜泣回音，在宇宙里盘旋，听见的人都已经握住死亡的尾巴。奇妙的轨迹留在浩瀚的夜空里，谁也猜不出罪魁祸首的身份。上亿年的节奏，被一个喷嚏打乱，没人觉得应该给予谁诚恳的道歉，因为没人知道谁究竟是谁。它留下的断断续续的脚印，七零八落地散布在人间。于是，欢笑、痛苦、眼泪、质疑、希望、争论，以及绝望和幸福都被最终的定义沉淀在咖啡因底层。杯子不刷可以用碗，喝的咖啡变了味道，让不置可否成为一种可能。干净利落地在该终结的时候终结，这就是故事最好的收尾。

昏暗的房间，黑胶唱片机还在低声循环着 John Wayne 的歌曲，窗帘被紧紧地拉严，可是在褶皱丝绸和拉丝的绸面之间，一丝光线夹杂着些许微尘笔直地落在床单上，旁边是一头漂亮的棕色鬈发，他们好像是从床褥中野蛮生长出来的某种生物。

沃克四仰八叉地趴在床上，蓝棕相间的被子淹没了他的躯干。他别扭地伸展着四肢继续做着梦，被子好像一条颜色搭错了的彩虹，载着沃克在天空中翱翔，他的脸看起来有些惊异又好似欢喜。淡淡的蓝调音乐充斥了整个房间，他梦见精灵们环绕在自己的彩虹边，在被子上欢快地舞蹈，他们叽叽喳喳地聊着天，这是一个失败的派对，天啊，太吵了，他在梦里对自己低语。

这时，楼下传来一阵阵电话的铃声，就好像 20 世纪 80 年代的爱情电影里一样，声音清脆而浪漫。沃克好像从噩梦里逃出来一样，猛地惊醒，推开门跌跌撞撞地下楼。不出所料，又是一阵从楼梯上滚下去的撞击声，伴着电话声快要结束，沃克摇摇晃晃地扶着墙接起电话。

"你好，是你吗？沃克，我是 Jeffery。"一个年长绅士的声音。

"你好。"沃克按着额头，拼命挣扎着回答他。

"我有个特别不好的消息要告诉你，希望你不要太难过。"他顿了一下，继续说，"你妻子，噢，不对，你的前妻 Johnan，她昨天选择了结束生命。"

"噢，这很糟糕。"沃克叼着烟，一边说着一边在桌上找打火机。

"我知道，这很难接受，很遗憾。"

"好的，谢谢您的转达。还有其他事情吗？"

"她的骨灰暂存在了十四区，你要去取吗？"

他打了个哈欠，想了想，说；"好的。"

沃克挂了电话，昏昏沉沉地靠在墙上，呼吸变得平静而均匀，眼神呆滞地凝视着前方，横越了大西洋，又透过云层和黑暗物质，他看见礼堂里举行仪式的新婚夫妇——正是他和 Johnan。

他闭上眼睛，深呼出一口气，十分疲惫地贴着墙面滑下去坐在地上，然后捡起旁边的一个针筒，毫不犹豫地将它扎入自己手臂上的血管。日光从厨房的窗外照射进来，落在沃克的面颊上，比起他刚起床的时候温柔了许多。一针 H 让沃克再次活力四射。他洗了很久的热水澡，然后看着镜子里的自己。具体地说，应该是十分恐惧地看着自己。一头的长鬈发垂到肩膀，眉眼俊秀——如果不是有胡子，他就是个漂亮女人。

伊莎贝拉的出入证件，一些现金，钱包，他把这些很久不用的出行必备品塞在红色的皮包里。诺兰 49 街，304 号，沃克站在自己公寓的门口，穿着黑色风衣，胡子都被剃干净了，把鬈发拉直梳成一个马尾。一阵寒风吹过，他不禁颤抖，然后用大衣紧紧包裹住自己，如同拥抱一个数十年未见的老友。

"今天就开始，我一定要戒掉，没关系。"沃克坐在出租车里，嘴里不停地重复这几句话。

"您说什么？"司机回头问他。

"没事。"沃克盯着车窗外，连眼睛都不肯眨一下，下午四点，街上没什么人，一片死寂。诺兰大街上还保留着很多人类 21 世纪初的现代建筑，高耸入云的摩天大楼，可是现在大部分并没有人在里面办公了。

路过一个交通红灯，司机娴熟地停下了车。沃克不禁笑了一下，问："为什么停车？"

"遵守从前的规则，这不就是我们都还留在伊莎贝拉的原因吗？"他回答。

一个衣着朴素的中年男人横穿过马路，他好像注意到有人在注视着他，马上低下了头，匆匆地走到马路对面，很快消失在沃克的视线里。

从自己的公寓到车站只有二十多分钟车程，但是对沃克来说却好像经历了几天几夜，毒瘾又爬上了他的每一寸肌肤，钻进毛孔，他感觉自己的血液好像变成了深紫色。疼痛、虚弱、流汗、奇痒，他被折磨得下车时扔下几张百元大钞，来不及要零钱就奔向车站入口。

"老天保佑，还好有这最后一针，应该能撑到十四区。"他站在洗手间的角落，渐渐平复了喘息，嘟囔着。他刚想把针筒扔进垃圾桶，又犹豫了一下，放进了大衣口袋里。

"好多年没见，我以为你早就死了。"正当他要推门出去的时候，一个熟悉的声音从身后传来，沃克转过身——竟然是他曾经的大学同学，曾卫。他们都毕业于剑桥大学家族企业管理专业，曾卫是一个中国企业家族的继承人、商业头脑不一般的家伙，十分精明。沃克最后一次见曾卫应该就是五年前，他刚刚和 Johnan 离婚的时候。

车厢里空荡荡的，好像比外面还要冷。曾卫坐在对面，一直打量着沃克，过了半天说："你这几年都干吗去了，一点儿音信都没有。"

"在家，"他想了想说，"写作。"

"现在还在写吗？"曾卫吐了一口烟，不禁笑起来，"那看来只有我们两个人丝毫没有改变。"

"你可是罕见的商业奇才，不管是谁都会离开伊莎贝拉，做个新人类，我知道你一定不会，因为你的骄傲和执着。"沃克接过烟，抽了一口。

除了 DUP，伊莎贝拉是原始人类唯一可以生活的地方，这是新世界的规则。DUP 从最初仅仅的一百人，演变成了地球上新的种族、统治者。那个清除记忆的实验，不仅让人类强势地再次领导人工智能，让所有人没想到的是，它完全改变了世界的格局。经济萧条，阶层矛盾激化，在 AI 的逼迫下，刚开始自愿入伍清除记忆的人，大多是监狱里的重刑犯、无家可归的人、各地的难民……后来社会的中产阶级甚至也想通过这个实验，改变自己的生活，不想要再做被压迫的阶层。他们之中，那些精神脆弱的，有心理疾病的、身体残疾的、破产清算的，或是经历重大挫折的，都把这个实验项目当成一步踏入天堂的阶梯。他们被清除了记忆，也不会再有任何记忆，被发掘出各种各样的超能力，成为维护新世界的战士。

天堂的计划最后果然还是失控了，越来越多国家的政府被本国的 DUP 侵吞，颠覆了政权。直到 AI 纪年 2042 年，世界上最后一个国家政权被推翻，DUP 成为历史上唯一的地球统治政权。不再有国家，他们把大陆和海洋分成了四十五个区。其中保留一个特别行政区，来集中最后坚持做原始人类的人们，这就是伊莎贝拉。

殡仪馆的大堂，一个绅士在弹钢琴，旋律美妙。沃克走到前台，问："我来取 Johnan Marylin Anderson 的骨灰。"

一位戴着眼镜、看起来很严肃的女士低头在电脑里输入了一串字母，"8 层，145 房间。"她说。

沃克走出电梯口，平静地按照 145 房间的指示标踱着步。房间里面竟然传来嬉笑和欢愉的音乐，沃克站在门口，再次确认了一下房间号，推门进去。

穿过熙熙攘攘的一群舞者，棺木里躺着的竟然是一个早期的人工智能。

"啊？"沃克拍着棺材，里面的金属零件被震得发出声响。

"你是谁？"一个身材极度臃肿的拉丁裔中年女人走过来，用西班牙语问道。

她前一分钟还在说笑，现在忽然眼泪就要涌出来，看来这个报废的 AI 对这群哥伦比亚人有很重要的意义。整个房间安静了下来，所有人向沃克投去质疑和气愤的目光，除了那些戴着魔鬼面具的人。

沃克气冲冲地回到前台，讥讽地问："我前妻变成了身材高大的 AI，您能解释一下这是怎么回事吗？"

前台的女人疑惑地问："请问你有什么需要帮忙吗？"

看着她一副无辜的模样，很明显她是不记得沃克的。

"Johnan Marylin Anderson." 他放慢节奏，强调道，"不要让我再描述一遍我们刚刚的对话了，我现在没有那样的耐心。"

"好的。"她有些不好意思地又翻阅着资料。

由于技术故障，沃克等了很久，最后还是站在了 Johnan 的棺木前。房间内是奢华的中国清朝建筑装饰，墙壁上挂着水墨画，柱子上刻着麒麟和龙。Johnan 的金发和这间屋子的格调显然有些不符合。Johnan 涂着红唇，安静地躺在洁白的绸缎中，那个曾经无时无刻不追缠着沃克叽叽喳喳的女孩不见了。她那漂亮的金发，也被剪短。沃克想不起来最后一次见她是什么时候了，因为他会经常做梦，梦里和 Johnan 见面的场景真实到和现实根本无从区分。她的脸上一点儿表情也没有，"告诉我，"沃克拉起她的手说，"面临死亡的时候，你后悔了吗，有过恐惧吗，还认为你是对的吗？"

沃克泪流满面，面目狰狞地向后退了好几步。Johnan 忽然幻化成恶魔伫立在他面前——这是一个有着清晰逻辑思维、十分有原则的恶魔。沃克脑海又浮现出教堂的画面，"无论饥饿、贫穷、疾病都不能把你们分离，直至死亡，你愿意吗？"神父说。

他们凝视着彼此，Johnan 鲜红色的嘴唇渐渐变成了深紫色。

十四区是政府副中心之一，这里的建筑大部分都在地面十米以上的空中，除了餐厅和商场以外，其他沃克都不认识。这些地方是公寓，还是办公楼，或者其他什么？沃克一无所知，他的脚踩在地面上，一步一步没有目的地闲逛。他像街道上的一个古董艺术品一样，吸引来很多充满好奇的目光。所有的人，都驾驶着悬浮在空中的交通工具，即便是不能驾驶交通工具的小孩也会踏着磁悬浮滑板。地面，是这些新人类不愿意去冒险触碰的。这里已经是不适合原始人类居住的地方了，人行通道极少，如果不会驾驶新型工具，交通出行会是很大的问题。沃克决定马上回伊莎贝拉，逃离这个不属于人类的伊甸园。

沃克回到车站广场，果然乘客寥寥无几，而且很大的概率是熟人。伊莎贝拉，现在总计人口不到五千人，而且人数还会变少，好在骤减的时期已经过去，目前趋于稳定。他靠在椅子上，手里捧着 Johnan 的骨灰盒，那是个雕刻十分精致的盒子。这样充满感情的艺术品，一定不是一个新人类的作品，他想。

一辆几何设计的车停在他面前，一个急救梯从车门里伸展出来，落在他脚边，对方用意很明确。沃克小心翼翼地上了车，虽然是爬只有五六节的梯子，他觉得自己的样子一定看起来像残疾人士一样。

"原来你在这里，这么快就要回去吗？"话音未落，一个系着丝巾的老绅士打开车门探出了头。

"乔治先生。"沃克惊讶地说。

2

　　看过弗洛伊德的眼睛，说服自己的心灵被某种力量洗礼过了。抬头和低头的人开始有了区别，赞同和反对在一瞬间被赋予了更多值得探究的含义。尽管没人知道复述同样一件事的意义，但总有人能说出过程的精彩之处。沉浸，消磨，咬合，撕扯，反叛与安宁，一瞬间都被允许放在一个锅里煮，厨子在一旁翘首以盼。食客忍不住开始舔舐餐具，悄无声息地就结束了这次盛宴。音乐响起，无所适从竟然得以被合理化。

"我很抱歉，Johnan 她竟然做出了那样的选择。"一边说着，这个白发老人一边晃动着杯子里的红酒。

"先生，不好意思，我还很不习惯这样称呼你。"沃克说。

"如果你想的话，还可以叫我父亲。"他微笑地说。

父亲，这个词在沃克的生活里消失快七年了。面前端坐的这位老绅士，看起来和自己记忆里的父亲一模一样，并没有任何区别。乔治·内森，一个内心十分高傲的政治家，虽然没有什么实际的官衔，但是出身名门，一直自命不凡。父亲在任何时候，总是能保持很优雅的举止，不会显露自己的感情，哪怕是对自己的妻儿。在沃克小学的时候，管家的继子偷走了他藏在书里的零花钱。父亲得知以后，并没有责罚那个小孩或者管家，也没有要回钱。

"你是乔治的孩子，而他们，是不配让我责罚的人。"他第一次用严厉的神色训斥沃克。

第二天，沃克很从容地把管家和他的儿子叫到面前，递给那个小男孩几张崭新的钞票，那是沃克仅剩下的钱，然而他从容的样子和父亲像极了。

AI 端上来煎好的牛排，沃克注意到乔治先生的牛排还是和从前一样全熟。"您还记得自己最喜欢全熟？"沃克问。

"我在手术前，保留了很多讲述自己的视频。"乔治坐得笔直，把牛排切成精致的艺术品摆在盘中。

饭后，他说要带沃克去见一个人，急匆匆地安排了预约，盘里的牛排还剩下很多。

沃克站在门口，远远地望着病床上的玛丽，她戴着呼吸机，身上插满了大大小小的管子。

　　"她昏迷没多久，我作为执行家属签字做了 AI 的器官移植手术。"乔治说完，推开病房的门，他唤醒病床旁边的电脑屏幕，调出关于玛丽当时车祸和后来手术相关的数据。远远看去，它们像是某种神秘的代码，沃克伫立在门口惊诧地注视着一切。一种从未体验过的惊恐从沃克的脚底生根发芽，爬上他的小腿、他的胸膛，绕过脖子钻进了他的双眸。

　　关于母亲的回忆，好像已经暂停在一个世纪以前，也并不温暖。玛丽是一个十分卓越的物理学家，在学术圈小有名气，尤其作为一名女性，曾经一度是学术论坛的焦点。年轻的玛丽，除了她和望族之后乔治的婚姻以外，她的科研成果也经常带来很多争议。当时物理学停留在初步的量子理论快有半个世纪了，并没有实际进展，很多科学家开始对量子力学进行诟病，当然从一开始包括爱因斯坦在内的很多重量级学者，早就提出了很多质疑。尤其是，爱因斯坦去世后，留下了他最后一个课题，就是探究人类的意识。

　　量子力学，这个虚无缥缈的理论并没有解决这个问题。作为量子理论和人类意志的推崇者，玛丽奔波于世界各地的学术论坛，任何一篇充满挑衅和置疑的研究都会触发玛丽极其敏感的神经，她有时会在小沃克面前忘乎所以，大发雷霆，出言不逊，咒骂着那些愚蠢而又胆怯的言论。

　　沃克八岁的生日宴上，玛丽急急忙忙地从实验室赶回家为他庆生。她送给了儿子一把钥匙，上面刻着 Infinity，永生。没错，她送给沃克的礼物是一个暂时还不能兑换的不死的生命。她把钥匙挂在银项链上送给沃克。这个生日礼物一直挂在他的脖子上，直到联合国下令禁止意识研究，成立了 DUP 项目。不久，沃克的母亲就出了车祸。

你本该是我意志的延续——这句话是她经常训斥沃克的话。她的言语里透露出一丝生下沃克的悔意，尤其是当沃克在父亲的强压下选择主修金融，帮助巩固父亲家族利益的时候。沃克像玛丽一样，非常聪明，理科成绩一直特别突出，是家人的骄傲。他在七年级的时候，就自己做了理论上完全成立的时空穿梭胶囊，毫无疑问，这是玛丽最满意的一件事情，沃克想。

"你怎么没有让她也清除记忆？"沃克站在父亲的身后，看着那些毫无意义的诊断数据，疑惑地问。

"从前的乔治，虽然与她争执不断，但是十分爱她思想的卓越不凡，我尊重她是一名伟大的女性。那个乔治不会冒险丢掉自己的珍宝，我不能替他做那样的决定。"他用第三人称来称呼自己说。

乔治并没有再婚，确切地说，婚姻制度已经不复存在了。沃克并没有在十四区继续停留，虽然乔治盛情邀请他留下待一阵子。在车站分别的时候，沃克又开始全身发抖，面色苍白，他推开乔治，转身一跃进了车厢。

"这实在太愚蠢了！"乔治向车厢里大叫着，好像这句话是对整列车里所有人说的。这句话，就像玛丽对他说，你本该是我意志的延续，一样熟悉。

厕所镜子被沃克坚硬的头颅撞成碎片掉了满地，沃克把流淌下来的鲜血轻擦在嘴唇上，仍然是温热的。布满裂痕的镜子里，沃克额头凸出的血管十分鲜活地跳动着。里面流淌的是成群结队的精灵，它们载歌载舞，好不快活。简直不敢相信，被扼杀自己灵魂的愚者大声嘲讽，沃克想。

这时，厕所门口有人敲门，传来声音，"需要帮忙吗？"

沃克手忙脚乱地用纸巾擦拭地面，上面混着血迹的肮脏令人作呕。敲门的竟然是他在红绿灯路口看见的那个小老头，他对着沃克咧嘴大笑。

弗朗多是一个记者，和沃克来自同一个伊莎贝拉区，住在破旧的街区。DUP 革命以前，他是一个媒体工作者，同样穷困潦倒。他经历了四次婚姻，有三个子女，由于媒体服务在伊莎贝拉区已经不再被需要，他现在只是偶尔写写杂文打趣，主职是在一家精神病医院做护工，有时候，他更愿意做里面的病人，他自己说。

在 AI 的辅助下，科技繁衍的速度呈指数增长，悬浮技术让世界格局重新被定义。从前人类居住的大陆，不再是唯一可栖息地。即便人口数大幅度下降，空间使用却反而延伸到一些浅海域，包括百慕大、好望角、斐济群岛附近。而从前的国际都市，现在被划分成伊莎贝拉的几个分区，比如纽约、伦敦、北京、利马等。沃克居住在位于伦敦的伊莎贝拉第三区。在伊莎贝拉的区域里，世界好像并没有变化，还停留在 20 世纪初的样子。烤面包的机器还是要手动设置时间；汽车还是要加油；服装批量生存依然存在；宠物还可以和人一起生活，而不是像怪兽一样被关在笼子里，也没有什么奇特的能力。

沃克抱着 Johnan 的骨灰盒回到伊莎贝拉三区，顺路把弗朗多送回了精神病院，然后回家。弗朗多下车的时候，再次十分热情地拥抱沃克告别。这个小老头十分欢喜，蹦蹦跳跳地进了精神病院的大门。精神病院大门旁边的牌子上写着：巨人之路。

沃克拉开卧室的窗帘，一缕期待已久的斜阳终于如愿地洒了进来。他把骨灰盒放在枕头上，拾起掉在地上的胶片，音乐声继续扬起。Baby I am yours，沃克伴着动感欢快的节奏跳起舞，轻声地跟着哼唱，断断续续的歌词就好像被打乱的记忆一样，延绵不绝。

沃克和 Johnan 是大学同学，他们的婚姻当时遭到很多人的鄙夷和不理解。而且 Johnan 并没有从学校顺利毕业，这段姻缘被沃克的家人强烈反对，尤其是沃克的父母。然而沃克不仅仅在婚姻上让他们大失所望，在事业上的选择，甚至是人生观上也与家人产生了巨大的分歧。他在读了四年的家族企业管理后，看着很多同学成为著名的正经商人、著名的投资家、著名的银行家，而他最后决定成为一个作家。

他回忆起婚后，因为他坚持写作而收入不稳定，经常会和 Johnan 吵架。Johnan 主修英语文化，在沃克的资助下，才能有可能顺利毕业，后来她成了一名教师。但是最初 Johnan 其实是一个文学爱好者，然而作为存在主义的推崇者，她选择了做与沃克预期不同的自己。

　　经历了渐行渐远的三年婚姻生活，Johnan 在签订离婚协议的第二天就去应征了新人类 DUP 项目的实验。沃克一直觉得 Johnan 选择实验是抛弃了自己，选择了逃避，永远的逃避。

　　沃克和 Johnan 最后一次分别的时候，她写了一封短信。笔迹别致优美，和她的话语一样迷人。她写道："在那些看上去无尽幽暗的日子里，我好像失去了曾被赋予的力量。我感觉自己在坠落，耳畔的风声好似一把把刀刃，划开我的皮肤。那种绝望、忧愁还有无助让我质疑这个次元的存在意义。某一天，山脚走来一个老人，他递给我一个钵。当我打开，竟然绽放出绚烂的光辉。其实，绝望里还有赞叹，幽暗中也能闪耀。"

　　"Listen to the stereo and drive over the bridges，to nowhere，wow…"

　　弗朗多扭动着屁股，一边清扫着走廊过道上的碎纸屑，嘴里一边哼着歌。虽然他戴着耳机，但是音乐声依然回荡在整个空旷的封闭空间。这像是他的个人演唱会，又唱又跳，兴奋不已。性感的桑巴舞步把他一直引领到走廊的尽头——他忽然站住了，暂停了手机里的音乐。一个最新版的服务型 AI 立在门口，这应该是中央政府派发给伊莎贝拉各区的新设施，他想。

　　弗朗多打开包装纸壳，这是一个高大的拉丁裔男子 AI，长相凶恶，令他不寒而栗。如果不是 AI 旁边包装的制服和使用说明，弗朗多根本看不出这个强盗一般凶神恶煞的 AI 是一个警卫型 AI。"这家伙以前一定是一个重刑犯。"他说着拿起那套藏蓝色的警卫制服，把 AI 机体顺手直接推进了旁边的垃圾间。音乐再次响起，肥大的制服像一个麻袋把弗朗多包裹住，他戴着警卫帽，昂起头骄傲地继续摇摆着身体。

DUP 项目出现后，绝大部分人选择了所谓的自我机体升级，称为新人类。西方国家率先在本国设立自己的试验区，但是随着参与者人数以惊人的速度增长，原始人类竟渐渐成为弱势，主权国家政权开始被剥夺。

试验区逐渐成为主要行政区，原始政府所在地被统一划分为同一类区域，直到所有国家政权被取缔，联合国从历史上消失后，这些区域被统一称为伊莎贝拉。新人类确定了新政权，以希腊字母作为世界各区代码，只有伊莎贝拉保留了现代文明的词汇名称。最后确认的伊莎贝拉共有六个大区，分别是从前的几个国际都市的行政区域，包括纽约、北京、伦敦、马德里、塔那那利佛以及里约热内卢。

而奇怪的是，坚持守住自己意志的这些人，选择留守在伊莎贝拉区的人们，并没能如愿正常生活。原来繁华的大都市竟然开始落败和荒芜，人们以各种理由和借口，挤进了地下组织、监狱，甚至是精神病院。伊莎贝拉各区的街道异常冷清寥落，人们只存在于政府的公民登记簿上。伊莎贝拉真的变成了如同伊甸园一样的地方，没有欲望，亦没有罪恶，如同曾几何时人类期待的世界那般。

然而他们忽略了一个事实，完美的伊甸园里没有罪恶，亦无法容纳真正的意志。爱因斯坦说得对，不管是从物理本质上，还是从哲学辩论的角度，人类都没有对意志有一个完整的认知。这个漏洞在伊莎贝拉区成立以后，化成了血淋淋的事实，呈现在那些坚守灵魂的人们面前。

空荡荡的商场堆满免费货品，琳琅满目，布朗大街上的那个流浪乞丐却仍旧破衣烂衫。夜里再也没有暴力和抢劫，可是星期天的公园里也不再有情侣们，也没有女人和孩童们的嬉笑声音。再也没有因为饥饿和压迫的哀怨，但是伊莎贝拉区也不再有任何与慈善有关的组织，有些人甚至乐意在饥饿中死去。意志和罪恶这般唇齿相依的关系，如今变得显而易见，再也不是什么深奥神秘的哲学课题。

"喂，老兄，你的音乐声音太大了。"一个年轻人拍了一下弗朗多说。

他被吓了一跳，完全沉浸在动感的节奏里，自以为戴着耳机，完全没注意到其实音乐声已经传遍了整个大楼。马克思是巨人之路里的一个病人，外貌平平，高高瘦瘦的。他粗鲁地夺过弗朗多的手机，关掉音乐，立刻转身离开。弗朗多还没来得及跟他搭话，只见他背着一个透明袋子向走廊的另一端跑去，隐约可以看见袋子里是一本有关物种和基因研究的书。

3

　　魔鬼说，时间是他的工具，用来迷惑人们。这是一个值得他得意的计谋，一场精彩非常的战役，因为我们无一幸免。把自己胸膛里的某种物质抽离出来，用力撕扯，和自己较量，固执地要看看到底是什么在作祟，把这个世界混沌成眼前的模样。

沃克蹲在车库里杂乱的工具箱旁，翻找着什么，旁边的一台银色原始机体 AI 正发出病态的电子呻吟声。它的一个臂膀显然出了问题，高悬在半空一动不能动。这是他和 Johnan 结婚的时候，老乔治送给他们的结婚礼物。作为他们的机器保姆兼管家，沃克和 Johnan 给它起名叫安德鲁。

自从那一年离婚后，家人也都纷纷离开沃克，甚至他身边的朋友也越来越少，他的生活变得和伊莎贝拉的城区街道一样空旷和孤寂。他开始闭门创作，深居简出。安德鲁就这样一直照顾了沃克三年，洗衣做饭，打扫家务，报修设备，陪他简单地聊天。直到这一天，安德鲁也变成了应该被报修的设备。

"沃克、沃克、沃……"安德鲁好像刚学会咿咿呀呀的小孩子，口齿不清地叫着他的名字。

"稍等，我一定会修好你，安德鲁。"沃克说完，停下了毫无头绪的翻找，顿住了。他转头凝视着安德鲁——机体上的树脂金属材料已经有些氧化了。回想起安德鲁第一次出现在他们婚礼上的时候，闪亮而醒目，丝毫不逊色于新娘。他把手放在安德鲁的胸前，冰冷的材料却透出了一丝温热，沃克决定无论如何都要治好安德鲁。

AI 纪年 2023 年的机型已经是古董货了，能够恢复这种系统的主板早就已经被淘汰，沃克打电话给了好几个售后公司，都不了了之。他翻起手机里的通信录，绝大部分人都已经联系不上了。也许有的换了电话，有的已经不在伊莎贝拉，有的已经死了。走投无路之时，他忽然想起那个总是咧着嘴大笑的小老头弗朗多。

家里所有能计时的设备都被关闭了，因为上面都是一些沃克无法理解的数字逻辑。从前年、月、日、小时的国际时间规则被新中心政府彻底改了。从前的三天变成了一天，七十二小时被重新定义为仅仅六小时，也就是说以前的一天现在只有两个小时。对于这种荒谬的做法，中心政府的解释是：新人类已经不需要再根据日出日落、公转自转来计算时间，现在我们人类已经强大到所有统计指标按照人体循环周期来计算，当然，这里的人类指的是新人类。

DUP 项目的大数据演算出结论，新人类的体内能量循环以每三天为一个周期。这样推算下来，时间从表面上看只有原先十二分之一。对于伊莎贝拉区的居民，他们的时间和生活被无情地剥夺了。这种狗屁规定绝对是那些想要长生不老的混蛋们为了方便自己罢了，沃克心里咒骂着。

沃克约了弗朗多在他的办公室见面。据弗朗多所说的，他的同事可以修理世界上所有的设备。然而此刻面前的办公桌上一片狼藉，关于烹饪、旅游、电影的杂志堆积如山。沃克开始怀疑冒险进入疯人院是不是一个正确的决定。不知道过了多久，弗朗多仍然没有露面。沃克等得有些口渴，他发现墙角有一个冰箱。

"不要！"沃克刚要打开冰箱门，弗朗多忽然出现在门口并大吼。

但是他的警告来得还是有点儿晚。冰箱门被打开的瞬间，膨胀的牛奶盒、干瘪变绿的烤鸡、生出菌群的米饭、装着腐烂牛肉的比萨盒，甚至还有用过的纸巾，上面的颜色看起来好像擦过大便一样令人反胃。这些东西犹如洪水一样喷涌而出，满屋子弥漫着腐败和变质的臭味。

没有嗅觉设置的安德鲁结结巴巴地惊叹道："报，报，报警。"说着，机体里响起警报声。一时间，巴掌大的小办公室，犹如臭气熏天的垃圾场一样，他们三个拔腿就跑，好像被警察追捕的窃贼一样，连安德鲁也不顾仍悬在半空的手臂，跟着跑了出去。

"你的同事呢？"沃克停住，一把拉住弗朗多问。

弗朗多把刚想要绽开的笑容下意识地收了回去，摆摆手说："跟我走。"

他们在一个病房门口停了下来，"本来想等他去找我拿药的时候顺便在办公室修，都让你搞砸了。"弗朗多看向门上的监控窗口说。

一个目测有两百磅的大块头瘫坐在沙发里看报纸，看不见他的面容，他的躯体庞大到无法辨认他是坐着还是站着。他的手指十分粗大，报纸在他手里轻盈得好似不存在一样。不知道他看见什么有趣的文字，忽然大笑了几声，沃克倚在门上的手臂竟然感觉到了共振。

沃克正要推开门的手被弗朗多按住，他十分谨慎地敲了三下门，声音小得好像一只苍蝇落在上面。这时里面的大块头竟然站了起来，沃克盯着他一步步走到门口，打开门，竟然看不见他的肩膀，巨人的大肚子好像填满了整个门框。

"亲爱的劳伦斯，打扰你休息了。"弗朗多咧着嘴说。

安德鲁在这个大个子旁边时不时地继续发出奇怪的警报声，劳伦斯先生摆弄了一下它悬在半空坏掉的手臂，他的手指居然和安德鲁的手臂一样粗。"这就是坏掉的机器？"他问。现在看来，这里的建筑设计都很宽阔就很合理了。经过简短的诊断，修理要在实验室才能进行。劳伦斯走在前面，空旷的走廊一下子就显得十分拥挤了，沃克紧随其后。

没想到这个精神病院的地下一层有实验室，而且还像是个大仓库，地下的装饰设计和地上完全是两个档次，豪华先进。连劳伦斯先生拿出的修理工具箱都是十分精致的瑞典手工雕刻，更像是价值不菲的古董。

臂膀一样粗细的手指轻轻打开工具箱，拈起各种不同的精细工具，劳伦斯戴着只有自己眼珠一半大小的镜片，三两下就修好了安德鲁的手臂。这时，沃克好像听见一声奇怪的叫声，他四处搜寻。"喂，我说过吧，我的同事是天才。"弗朗多突然拍了沃克的肩膀说。

安德鲁响起悠扬的蓝调，美丽的韵律好似一缕香气，飘满了整个实验室。它坐在桌子上，随着音乐摇晃着脑袋，如同一个青春期的小男孩。"我要回去吃药休息了。"劳伦斯先生伸了个懒腰说。

"一起吃晚饭吧，我们迎接一下客人。"弗朗多激动地拥抱着安德鲁。

沃克和安德鲁跟着他们乘坐巨大的货梯下到 B2 层，这里竟有各式各样的餐厅，简直就是繁华的美食街，热闹非凡。当沃克注意到其他人都穿着制服时，才想起自己是在精神病院里。他下意识地整理了一下自己的衬衫和方巾，然而竟然没有人看他一眼，自己简直就像是透明人。

不得不说，劳伦斯拿起对他来说超级精致的刀子，然后分牛排的样子就是一个十分讲究的绅士。他一边吃一边尽力压低声音说话，后来他说着说着，有一滴眼泪掉在了他的酱汁里。

劳伦斯出生于太平洋西南部的所罗门群岛，现在那个地方已经是新人类的重点城区规划区，海面上悬浮着各种新奇的建筑和繁华的交通。劳伦斯这个名字是弗朗多给他起的，而他本来的名字大家都看不懂，包括安德鲁，因为那根本不属于印欧语系。智能新人类占领了他们的家园，并把不愿意改造的居民发配到伊莎贝拉各区，包括劳伦斯的兄弟姐妹。

"好好的，我不明白他们为什么一定要逼我们和他们一样去除记忆，变成蠢货。"劳伦斯抱怨着。

劳伦斯并没有接受过现代的教育，但是他天生对电子科技非常敏感。弗朗多说，所罗门群岛上的居民常年在水里活动，他们对环境的感知和我们不太一样，而且劳伦斯潜入水中的时候，丝毫不显笨拙，飞快得像条鲨鱼。他是一个四十多岁的成熟男人，可是却总以小孩子自居，因为在他的家乡，人的平均寿命在二百八十岁左右。

修好了安德鲁，也听够了关于遥远岛屿的传闻，沃克满意地带它回了家，但是劳伦斯先生说它随时可能还会出问题，因为量子级的衰退现象已经开始出现。沃克没有听明白他的理论分析，高深得好像在和自己的母亲玛丽对话一样，反正意思大概就是暂时恢复了吧，他心里想。

沃克每天醒来睁开眼，首先映入眼帘的就是 Johnan 的骨灰盒，酒红色雕刻着天使的桃木，还幽幽地散着淡淡清香，闻起来和 Johnan 每次穿那件酒红色毛衣时身上的香味一样。

那天是入学庆典，沃克喝了很多威士忌，听完一个亚裔留学生颇为幽默的致辞以后，一个人从校区摇摇晃晃地走到大街上。天色很晚，月亮藏在某片乌云的后面，也藏住了时间和方向，沃克毫无头绪地在大街上散步。他用力把腹中的酒精分子呼向空气中，听着分子之间野蛮的撞击声，有人的领地又被占领了。突然路边有两个吉卜赛人对他吹起口哨，语调十分轻佻。

沃克快步疾行，穿过了几个小巷子，来到了一座小桥旁，确定四下无人，他才终于松了口气。手机发出没电的预警声，他看了看，然后毫无忌惮地从手包里拿出一根香烟点燃。月亮在这时不知道从哪里冒出来，还是只有这个神秘的地方可以看得见它。沃克仰起头，眼睛一眨不眨地凝望着月亮的光辉，结果一不小心，没留神脚下就跌落到河里。还好这只是小巷间的一条清水区，沃克在河水里扑腾了几下就浮上了水面。他刚从水里探出头的一刻，被眼前的景象惊住了。

一个女孩蹲坐在桥洞里面正看着他，她有一头漂亮的棕色长鬈发，月光下似流畅的五线谱一样美妙。她瞪着炯炯有神的大眼睛，一副可爱的呆滞表情。她没有化妆，可是皮肤和河水一样发出叮叮咚咚的清澈响声。酒红色毛衣上的细微的绒线在微风中轻轻地摆动，好像一团神奇的火焰，一团生在冰山里的火焰。

厨房里日历的勾画处停留在Johnan走的那天，冰箱里是安德鲁按照她的喜好有序摆放着的食物，三盒VIH的全脂牛奶，一颗紫甘蓝，五百克鸡蛋，一些干奶酪、香肠、墨西哥牛排，还有蓝莓味道的冰激凌。这些食物，沃克毫无意识地一直吃了三年。不知道安德鲁常去的那家甜品店还在不在，他心里想。

"晚上想吃什么？"安德鲁问。

沃克关上冰箱门，回头问它："车钥匙在哪儿？"

他的这台经典款老福特，落满了灰尘，从庭院内的车道开到大路上颠簸的时候，像大象抖落身上的虱子。街道两边也停着布满灰尘的车辆，有的车主不忍心，应该是在离开伊莎贝拉之前用罩子把爱车包裹好。有的车罩上面还写了一些话，比如："史蒂夫永远爱他的妻子和女儿。""切尔西以前的家。""2030，再见。"……有的人把名字用油漆涂在自己家大门上，也许是离开的时候很匆忙，字迹有些潦草。

洗车房里的皮带刷打在车窗上发出砰砰声，安德鲁从车座后拿出一把雨伞，递给沃克的时候不小心打在了他的脸颊上："下雨了。"他说。

超市里的食品很多已经过期了，AI售货员会定期更新水果蔬菜，但是很多副食品都是一年前的了。沃克拿起一包包装精美的意大利香肠，然后把质疑的眼光投向安德鲁，问："我这三年吃了多少香肠？"

安德鲁眼球变成蓝色，进入数据估算模式。"两百五十四根。"它很快回答。

"都是过期的吗？"沃克有点儿惊慌。

"沃克，你的设定偏好是：以你的喜好为准。在没有备选货品的情况下，它们可能是过期的。"安德罗说。

他说得没错，当初给安德鲁的设定的确是以雇主的偏好为准，"也对，毕竟连针筒都是你买的，针筒？"沃克忽然沉思了一阵，喃喃自语，"我好几天没打针了，怎么会没反应？不是应该有瘾吗？"

安德鲁竟然微笑着看他，这是沃克第一次看见它笑。

真实世界

1

疑惑总是来源于不可能的可能性。我们经常试探性地问自己，做一件事是否是因为在做之前，好像看见了这件事已经或者正在发生的过程，所以没有道理地去做了。很多人称之为预感，不科学的疑惑。这种不科学的疑惑影响是不可逆的，这是一种幸运，因为目前的科学无法解释它的可逆的可能，然后我们又要制造谬论去掩盖真相，这样人类文明看起来就很有面子了。

正值中午，窗外寂静得就好像是深夜一样。沃克坐在桌前，想象着外面刺眼的阳光变成凌晨透着微光的蔚蓝色，污染粒子浓厚的空气变成清脆的鸟叫声，不远处荒废的办公大楼有一个房间亮起灯。唱片机里的旋律和窗外的鸟儿鸣叫合奏在一起，沃克陷进靠椅中，如痴如醉。一架飞机闪着信号灯，悠然地从头顶飞过。马路对面站着一个小男孩，对着沃克大声喊，却没有声音。可是不远处公园里茂盛的橡树却听见了他房间里的音乐，树叶在随风摇摆。

沃克呆滞地看着电脑，手指却不停地在键盘上敲击，发出的声音好像自己的呼吸，是维持生命的需要，不可以停止。沃克看着书架，这三年写的二十本书在上面一一排开，有几本的名字看起来很陌生，他甚至不记得里面都写了些什么。但是有一点他能肯定，就是这些书都没有销量。因为那些对记忆有选择的新人类们，他们是不会愿意去选择回想起这些华而不实的文字。

沃克曾经打电话给新中心政府的文化出版部门，本来想了解新的出版政策和从前有什么区别，结果被告知，所有来自伊莎贝拉区的文学艺术作品都没有权利申请版权。工作人员还特别强调，并不是限制出版，而是这些根本不符合当下的文化观念。

打开电视，他终于明白，新人类的记忆是可以选择的，并不是完全没有。只是在可以选择的情况下，他们普遍的价值观是预测将来更有意义，而不是回到记忆库去查看过往。他们的艺术作品更迭速度堪比科技的发展速度，每天都有新的艺术形式和世界观念，通过影像的方式呈现在网络上。

那些被他们预测的未来，被描述得如此真实，就像真正发生过的事情一样，然而新人类们却不认为这是预测历史，因为在他们的概念里没有时间的观念，发生过的事情就像吃进肚子的食物，没有意义再拿出来重新包装。而暂时没看见的其他可能性更有意义，因为在另外的平行次元里可能正在发生，更具有现实影响。所以当沃克提起预测未来这样的字眼儿时，电话那边就会传来笑声，稍微有嘲讽的语气。

思维的桎梏真的很可怕，沃克看着眼前自己的作品，心里惴惴不安。他所有的努力，现在看来都变成了垃圾，是别人连出版的机会都不愿意给的作品。

"沃克，你怎么了？"安德鲁端着咖啡，站在他面前问。

"安德鲁，是你安排的排版和印刷，看过我的作品后，你觉得怎么样？"沃克问道。

"我认为，它们在一些哲学辩题上思维很新颖，故事很感人，很有自己的风格，我在校对的时候目不转睛。"

沃克忧虑地合上电脑，Jeffery打来电话，他们约在老咖啡厅见面。

Jeffery搅拌着杯子里的奶昔和咖啡，认真地说："有一种理论，叫舒适理论。人们总是偏好去迎合自己习惯的已知事物，这是为什么当环境发生突变时，绝大部分人会产生厌恶的情绪。但是从另一方面来讲，这也是我们一直以来思维的基础，我们不仅是沉迷，也有深刻的体会，这是分寸的问题。新人类的世界观弱化记忆点的重要性，也是摒弃了意志的体验感，从某个角度来说，可能会放大其他方面的能量。但是，失去了意识体验的维度，我想不仅仅是失去它本身，一切还未可知，我相信。"

他说得兴高采烈时，忽然发觉自己长篇大论竟然成功地把沃克的意志完全集中在一点上，沃克的认真产生了一种能量融化着杯子里的咖啡。他停顿住，控制自己不要说得太多，脸上有一丝顾虑和担忧。

"怎么了，Jeffery？"沃克一脸没尽兴的样子。

"你看过玛丽了吗？"Jeffery问。

"乔治给她安排了 AI 器官移植手术，目前情况很稳定，只是还不知道什么时候能清醒。"沃克说。

严格意义上讲，沃克认为 Jeffery 更算是玛丽的密友，而不是老乔治的哥们儿。虽然 Jeffery 的父辈和沃克的爷爷是世交，他却从来不像父亲一样以身份自居，也没有征服社会的野心，更多的是贵族的谦恭。父亲却经常在沃克面前形容他是一个懦弱的贵族，甚至显出憎恶的表情。

Jeffery 有一个很细长秀气的鼻子，嘴唇很薄，说话的声音非常轻柔，举手投足很谨慎小心。在沃克的眼里，这才是贵族该有的样子。他经常说沃克的模样很像年轻时的玛丽，沃克只能靠照片去联想，因为玛丽怀有沃克的时候已经三十三岁了，这并不是一个生育的合适年龄。

"现在事情变成这样，我想我说出来也没关系，"Jeffery 抿了一口咖啡，继续说，"第一次见到玛丽，是在她和乔治的婚礼上。那时候所有人都很好奇，不可一世的乔治娶了什么背景、什么模样的女人。但是老实讲，我当时既失望又吃惊。"

Jeffery 的确是真情吐露，玛丽年轻的时候虽然端庄优雅，但并不是一个绝色美人。她出生在一个普通的工薪家庭，并不是和乔治家能匹敌的名门。她和乔治的结合，在这对新婚夫妇自己眼里，都是一个难以解释的奇迹。乔治曾经给他的解释就是，贪婪是人的本性，你越是拥有一样东西，就越想要弥补另外一种不可能。

玛丽非比寻常的智慧和追求真理的坚毅，在女人中是很罕见的。乔治·内森什么都能够得到，玛丽的出现在他的生命里就像天边的一颗星，他不计后果地想要得到。婚礼当天的宴会上，他和玛丽简短的交流让 Jeffery 心里的某个角落被照亮了。

AI 战争编年表，由作家沃克·内森和原华盛顿记者弗朗多整理收录。计时以联合国旧制为标准。

2017 年，第一个 AI 被授予国际公民的身份，名叫 Sophia。

2020 年，基础 AI 大批量进驻服务行业，包括酒店业、餐饮业等。

2021 年，无人商店普及，AI 占领零售业前端。

2024 年，AI 执行了第一个手术，是来自慕尼黑市的一台阑尾炎手术，AI 医生名字叫蒂诺。

2030 年，医护行业的工作人员中，AI 占据 40%。同年 4 月，来自美国圣路易斯市民请求批准 AI 有和人类一起受教育的权利以及其他一系列权利。6月，在委内瑞拉，警察发现政府服务 AI 被射杀，凶手暂时逃逸。

2031 年 2 月 14 日，韩国首尔，一个 AI 在婚礼上失控，射杀多人致死。3月，东京刑警发现数个芬兰籍 AI 参与当地不法交易。6月，毛里塔尼亚的努瓦克肖特，一个 AI 向国际法庭提起诉讼，要求变更自己的国籍，理由是多次被强奸。

2034 年，第一个地下 AI 反动组织——APAO 成立。创始人至今不详。同年 8 月份的纽约，APAO 组织袭击一家珠宝店，抢走价值 300 万美元的珠宝。截至当年 10 月，AI 在公共场合违法造成伤亡的人数达到十万，财产损失一亿美元。

2040 年，APAO 首次和联合国部门人员在网络上公开进行语音会议，现场直播长达十二小时。

2048 年，AI 智能第一次大规模公开对抗人类，作为新的种族向全世界宣战。在这之前，AI 智能已经和人类经历了很多摩擦和斗争。

…………

社会上长久以来积压的阶级矛盾终于酿成一场战争，一发不可收拾。人类不计后果地为了赢得战争，做了一个恐怖的决定——启动很多年前被质疑且雪藏的 DUP 项目。的确，这个不计后果的战争策略让人类付出了沉重的代价。

2

　　钢琴和儿童，谁的声音更清脆？夜晚和大海，哪个更深邃？脚步和雨声，谁更匆忙？思维和咖啡，哪个可以先戒掉？问题和拼写，哪个可以先停止？这样简单又复杂的比较，到底还有多少？

杯子里的咖啡上漂浮着一层油渍，灯光照射下来，每一个油分子好像都清晰可见。沃克盯着那些油腻并振动的油脂发呆，自己的脸颊和五官被歪曲地映射在里面。有一个被曲解的自己，陷在这个溶解了乳白色奶汁却仍发黑的碳水化合物液体里，无法挣脱。

"你听见我说什么了吗？"Jeffery 向沃克打了个响指，问他。

"油脂。"沃克头也不抬，继续盯着咖啡说。

Jeffery 好奇地把他的杯子拿过来，定睛一看，瞬间一脸的不悦，不停地用力敲击服务铃。很快 AI 服务员走了过来，还没等她开口，Jeffery 就忍不住质问。他尽力压低自己的声音，说："杯子怎么能不洗干净？拿铁咖啡上面怎么会有一层油？"

"很抱歉，先生，为您免费换一杯拿铁。"她回答。

"算了，不用了，我想下一杯里还是有油渍，毕竟你的程序里应该不包含消毒的意识。"说完，Jeffery 结了账，拉着沃克赶快离开了那里。他们走出门口的时候，沃克忍不住回头看了一下——五角咖啡。

"这名字可真老土。"沃克说。

"以前还是学生的时候，我和你父母经常来的，相信我，那时候这里的服务完全不这么糟糕。AI 占主流的服务业，已经葬送了服务品质。"Jefferey 感叹。

"那你觉得现在还有艺术吗？"沃克看着他突然问道。

Jeffery 若有所思，但是并没说出什么。他们在沃克小时候经常去的公园散了一会儿步，就分开了。

一群白鸽从空中滑翔而过，有一只白鸽掉队了，它落在公园一角的树上休憩。树下的足球场上，几个六七岁的小男孩在踢球。一个瘦小的孩子咬牙切齿地开出一球，结果射偏了，砸中了不远处带小孩散步的一个保姆。孩子们不禁一阵哄笑，开始向他做鬼脸。

"沃克尔，你根本不是男的，你是个脏娘儿们！"一个黑皮肤的俊俏小男孩骂道。

那个带着孩子的女人走过来，把球递给沃克，微笑着说："你踢得比其他男孩都要好。"

"我叫沃克尔，"他犹豫了一会儿，又说，"沃克，这是我的名字。"他回答。

炎热的下午，玛丽端坐在餐桌旁喝咖啡，凝视着电脑屏幕陷入深思。她刚刚把自己的一头长发都剪短了，电脑旁边放着用塑料袋密封着的头发。电风扇在屋顶无力地转动着，这时沃克跑了进来，被母亲的新造型吓了一跳。平时庄严高贵的母亲把长发剪短了以后，身上竟然有一种迷人的英气，但是也看起来比从前更严肃和高傲了。

"这是什么？"沃克注意到桌子上的头发，问。

"别动，沃克尔，"玛丽警惕地拿回自己的头发，说，"这可是我的DNA，如果我将来要死了，这可能是帮我延续生命的最后希望。"

小小年纪的沃克，对母亲这种奇怪的言论已经见怪不怪了，相反，他对母亲说的另外一个字眼儿更在意。

"我不是沃克尔，我是沃克。"他说。

玛丽看着他，竟然扑哧笑出了声。

"我很喜欢你的短发。"沃克说。

"为什么呢？"玛丽问。

"因为下次我再抱着你睡的时候，就不会在梦里抓你的头发，你就不会吓得半夜跑回实验室了。"沃克回答。

玛丽抿了一口咖啡，然后仔细端详着眼前这个七岁的孩子。马上就是他的生日了，该送他什么礼物才好呢？她想。

小沃克的房间墙上挂着各种语言版本的世界地图，他从很小就开始学习五种语言，主要都是印欧语系。他最喜欢的西班牙语老师说过一句话：语言，是一种感觉，是听觉、是视觉、是触觉、是体悟，是所有的感受。用语言表达世界的过程中，包含了多种维度的数字运算和逻辑推演。我们无法解释，然而我们每天都在做。就好像地铁这个单词恰如其分地听起来就很像地铁，可是没法解释。

没有办法停止的事情，也是最奇怪的，就是你的脑海里总是有一个声音。那个声音如此具体，就好像来自一个未知领域的老友。玛丽告诉小沃克，如果那个声音出现了，千万不要阻止它，让它去发生，然后记载下来。如果是一幅美丽的画面，就用颜色勾勒下来；如果是动人的韵律，就用五线谱复刻下来。这是人们每天生活的本质，勤劳的人会自己记录，懒人就习惯翻看和别人相似的记录。

意识七号、肖·维尔克——这是小沃克印象里，母亲工作台上的档案中出现频率最高的一组词。它在巨大的文档袋子上，在玛丽的笔记本首页上，在草稿纸上勾勒的图线上面，在电脑忘记加密的文件里，甚至是在他和玛丽的合影照后面。

西语版的地图上，位于南非的好望角被红色的油渍笔用力地勾勒出来，笔迹在上面重复了一遍又一遍。视线里的"Cabo"这几个字母突然变得有些模糊，一些破败的街道还有皮肤上被抓伤的痕迹不时闪过。好望角在地图上跳动，勾勒出区域的曲线像另外一个维度扭转，太阳花的闪耀，零下十三摄氏度的冷风，一个未知领域的召唤。伴随着一阵急促到快要窒息的心跳，沃克从梦中惊醒。

他打开书房的门，找遍每一个文件夹，甚至每本书都要仔细检查，没有找到自己的地图，一张都没有。他翻遍了所有的房间，橱柜、床底、梳妆台、行李箱，他发疯了似的找。其实他也不确定自己在找什么，但是他知道，就在那张地图上。

"发生了什么？"看见沃克在屋子里跑来跑去，安德鲁担心地问他。

"地图，你记得吗？"他回答，"你记得我的书房里贴了很多版世界地图的，怎么都不见了。"

"什么地图？"安德鲁快速进入图像搜索模式，很快回答说，"资料里沃克·内森的家里从来没有贴过世界地图，另一方面，老实说，这并不符合你的品位。"安德鲁的脸上露出一丝鄙夷。沃克慢慢安静了下来，安德鲁说得对，他怎么还会像小孩子一样，墙面上贴什么世界地图？他终于顿悟，是自己戒毒以后身体不适应，产生了幻觉。

3

　　啼叫、哭泣、想象、咒骂、舞蹈、入睡，它们都一样地真实，一样地值得你去炫耀。这些感知的里程碑，记载着那些能量乐谱的高潮，但你不要期望会有什么结尾。因为开端和结尾他们从来没有对你揭开过自己的面纱，一厢情愿地追寻，必然是撞一个满怀伤心。清晨的时候有人在黑洞里啜泣，黄昏的时候又有人在白洞外祈祷。其实，黑色不是黑色，白色也并不是白色。看不见的事物可以称之为黑色，但如果你愿意也可以说是白色。

灯光昏暗，远处有几桌客人，可是都看不清他们的模样。沃克在 Shake Club 门口向里瞄了几眼，一个招待走了过来，说："先生，您有预定吗？"

"曾卫，曾先生。"沃克回答。漂亮的女招待走在前面领路，她的身材好得让沃克十分肯定这是一个 AI。她带沃克穿过吸烟区，来到人挤人的一桌，曾卫正忙着和一群男男女女推杯换盏。沃克使尽全力，从人群中挤到曾卫身边坐下。

"你怎么才来啊？"曾卫抱怨。

"这都是你朋友吗？"沃克问。他注意到，十分讲究穿着的曾卫，竟然没有穿西装衬衫，而是套一件白色 T 恤就出门了，这显得西装革履的沃克有些尴尬。

"你说什么？你是不是在家把脑子待傻了。"曾卫捧腹大笑。

"什么？"沃克问。

曾卫放下酒杯，摆了一下手，一个女招待走过来，她将一个对讲机模样的东西递给曾卫。他接过来立马按了一个按键，一瞬间，除了他们两个人以外的所有人都静止不动了。

"AI？！"沃克惊讶地说。

"当然了！现在去哪找这么多真人陪你玩，你还当是以前呢！"曾卫嘲讽他说。

虽然这里光线不好，但是沃克还是不敢相信，现在的 AI 制作工艺都已经高到如此水平。他站起来，仔细端详了每一个静止的 AI。跳着舞的嘻哈男孩一只脚还放在半空，背部和臀部的曲线给了他很合理的力学平衡。一个女孩手里拿的红酒瓶倾斜着，里面的红酒已经快流光了，滴滴答答地落在地面上，溅在旁边女孩的白色裙角上，但是红色的酒渍就在浸入面料的瞬间又被吸收不见了。灯光映射在 AI 的脸上，他们每个人的眼神都是那么真实。低沉、迷离、谄媚、愤怒、挑逗、迷茫、悲伤、热情，每一种情绪都那么真实，沃克站在他们中间，有些胆怯。

"你怎么了？"曾卫说完，把他拉到身边。

沃克瘫坐在沙发上，他轻抚着身边一个蓝发女孩的脸，沃克不禁被她吸引了，她瞬间推开他，沃克十分尴尬地把目光投向曾卫。

"哈哈，我们跟你开玩笑的，这些的确都是 AI，但是这个是我的未婚妻，于子悦。"曾卫递给他一个酒杯说。

沃克接过酒杯，二话不说直接干了，倚靠在沙发上半天没说话。子悦忍不住一直在笑，眼泪都快要流下来了。曾卫面露愧色，赶快赔礼道歉，说："哥们儿，对不住，是不是玩笑开过了，知道你三年没出过门，这外面啊都已经发生了翻天覆地的变化。"他见沃克不说话，只是喝酒，继续说，"别那么着急喝，这才几点，别喝多了。"说完曾卫要抢他的酒杯。

沃克推开了曾卫的手，又喝了一口。曾卫意识到气氛不对，自己真的有些过分了。他突然拍了一下自己大腿，脱掉鞋子，站在桌子上，说："为了好好迎接你，我要献给才高八斗的沃克大人一支舞。"

说罢曾卫就跟着音乐动感地跳起爵士舞，子悦一边捧腹大笑，一边举起手机录视频。而沃克在一边仍旧是冷眼观看，面无表情，不停地给自己倒酒。曾卫竟然完美地跳完了一支舞，尤其是中间的几个比较有难度的动作。舞毕，曾卫叉着腰风骚地挑着眉头，问："怎么样，亲爱的，有没有被我诱惑到？"

沃克冷笑了两声，低着头无力地问："他人呢？"

曾卫收起脸上尴尬的笑，看着子悦。子悦沉默了几秒，又扑哧笑出声来。

这时，转角处走过来一个人，"不好意思，我来晚了。"

"老兄，我离发飙打人就差这么一点点了。"沃克对走过来的另一个曾卫说。子悦赶快虚拟屏幕操作，所有的 AI 都恢复机器模式，离开了房间，包括刚刚那个假曾卫。

"我等着看你这种表情已经三年了，太爽了，这是我第一次赢你，感觉真好。"曾卫微笑着说，"这是我未婚妻，如假包换。"

"知道，刚刚我们亲过了，味道不错。"沃克说。

"你说什么？"曾卫惊愕地问。

"他开玩笑的，哈哈。"子悦赶快解释。

"你怎么了，为什么不告诉他真相？"沃克继续板着脸反问。

曾卫反应过来，无奈地摇摇头，点了根烟说："你还是一点儿没变，一点儿亏都不能吃，这都要报复回来。"

沃克下意识地把左手放进牛仔裤兜里，摸到一把钥匙，手指在上面的触感十分熟悉，刚刚还挖苦曾卫的一脸诡笑渐渐消失了，"我回家了。"他看着酒杯低声说完，起身就离开了。曾卫在身后叫他，不想就这样潦草地决出胜负。然而沃克在一如既往地赢了战役之后，选择落荒而逃。

这个季节，沃克很难判断，也许这个世界现在除了春夏秋冬以外，已经生出了第五个季节。如果有，沃克心里默默向天空许愿，希望那不是白昼，更不是黑夜。他攥紧了拳头，不敢松手，因为害怕把来自第五个季节的沙子顺风扬掉。他用舌头不停地祈祷，嘴巴却不敢张开，如此委屈的呐喊，让他的心房一直在剧烈地震颤，向内撕裂。其实并不是脆弱，更不是敏感，而是源于自我粗糙的肌肤，不具备承受来自宇宙高压的质地。

他离开酒吧后，走进隔壁的高级餐厅里，准备用一顿丰盛的晚餐弥补一下残缺不正常的夜生活。坐在沃克旁边的一对情侣谈笑风生，那个女人注意到他投来的目光，转过头，问他："先生，有什么事情吗？"

沃克凝视着女人的面孔，妆容精致，皮肤的毛孔非常真实，脸颊两侧散落着零星的雀斑。她说话的样子让沃克想起从前的同事，说话词汇简短，逻辑却很高傲。对于沃克一直非常不礼貌的注视并且坚持沉默的态度，女人和男人放弃了对他不停的询问和关心，不再尝试和他沟通，而是开始窃窃私语。沃克听不清他们在说什么，事实上，他的耳朵一直在拒绝接受来自这两个未知生物的音频。眼前是一部画面漂亮的默片，脑海里响起浪漫动感的现代节奏，一个男歌手的声音一直在 RAP 一段漂亮的歌词。直到那个女人走过来，拍了拍他的肩膀，沃克才回过神。

"他也许是程序出了问题，德克士，把你的主板拆下来给他更新一下系统吧。"女人回头对她深爱的男友说。

男人站起身，帅气地脱下皮衣夹克，摘下丝巾，正准备解开衬衫的扣子时，一个服务员走过来，说："哎呀，大白天，你们两个 AI 这是干什么？小心我投诉你们！"

"这个服务型 AI 卡机了，我们正打算帮忙修理。"男人立刻解释说。

服务员走过来，和沃克对视了三秒，然后微笑着说："这位先生，大白天，你装什么 AI 呢？小店不符合雇用您这种真实人类的标准。"

"雇用？"沃克忍不住发问，"这两个 AI 是你们雇来的？"

"这是为了满足中心政府的城市规划要求，主要是为了美化环境。"女服务员回答。

"他们工资多少？"他继续问。

"五百美元半天，先生。"她说。

"请问你工资多少？"沃克问。

"好不容易有个客人，怎么是个神经病？"服务员嘴里嘟囔着，有些尴尬地转身离开。

"一千美元，一个月。"美女 AI 得意地对沃克说。

沃克快速地吃完了这顿饭，匆匆走到停车场，准备开车回家。刚刚洗干净的车窗上面竟然被塞了张广告，他正准备丢掉的时候，发现里面夹了一张精致豪华的名片——Michael Jackson，金钻二手车诺兰大道店，CEO。在"CEO"字样的后面有 AI 的标识。

"先生，一共十美元。"一个满脸胡楂的大爷走过来，身上的制服被他穿得七扭八歪，上面标牌写着：阳光停车场欢迎您。沃克付了钱，又转身多给他一张，大爷激动得不停地表示感谢。

4

太多我想记录下的感知，都被思维过滤掉了，因为我也只是一个思维动物罢了。丢掉意识语言的一个人，或者说绝大部分人，一定会迷失在痛苦的感官里。于是有了关于 AI 的美好蓝图，狰狞的旋律在程序中穿梭，不留一丝痕迹在里面。我很怀疑人工智能是否真的会嘲笑自己，因为我们自己都不能深刻理解这一行为。每一刻，我们都在用每一句话，一举一动，一颦一笑，一呼一吸，来无限重演着自嘲的含义。最值得自嘲的是，所有当事人都并不知情。自嘲者不自知，这应该才是自嘲的最高境界。

清晨，安德鲁充好电，急急忙忙又跑回楼上，继续清扫沃克的房间。他从凌晨到现在已经打扫了好几个小时了，可是还有卧室没有打扫完，地面上都是沃克的呕吐物。他腰部以上在床上，腿十分扭曲地贴在地面，如同被独裁者执行了绞刑一般。自从上次回到三区，沃克已经很久没有这么萎靡不振了。桌子上摆着一条红色的性感透明内裤，安德鲁用镊子夹起内裤狠狠地丢进垃圾桶。

　　他打扫完房间，见沃克还沉睡不起，十分不满地拉开窗帘，想让窗外灼热的日光来叫醒这个醉鬼。但是这并没有成功，安德鲁不甘心，走过去想要重击他的后背，然后把他拉起来。可是手臂刚抬到半空，糟糕的情况又发生了，安德鲁再一次卡在原地动弹不得。

　　他的眼球开始变蓝，他尝试检查数据进行自我检修，毫无疑问——再次失败了。眼看电池电量又要耗尽了，可是沃克还在呼呼大睡，安德鲁在绝望的一刻，用随身拨叫的功能拨通了弗朗多的电话。

　　阳光渐渐消散在沃克起伏不定的胸膛上，取而代之的是街道上的路灯，明亮得有些勉强。沃克衬衫上的第一颗扣子不见了，露出优美的颈部曲线，肤色如月光般皎洁而饱满。杂乱无绪的文字和符号，没有任何意义地从沃克的额头流入口中，把他的喉咙染得漆黑一片，发不出声音。

一个穿着红色晚礼服的女孩坐在窗前望向窗外，琴键自己跳动着，调皮地弹奏着优美的旋律。微风拂过，清净无瑕。忽然琴键的表面出现裂痕，一个，两个，越来越多，发出嘎吱嘎吱的破裂声响。白色的琴键掉在地面上，然后陷入血红色的羊毛地毯里，一个一个被吞噬，剩下黑色的琴键独自奏响了魔鬼的黑暗序曲。女孩走到窗前，在布满灰尘的玻璃上写下几个字——意识七号。

沃克睁开眼睛，发现自己躺在一个豪华的酒店房间里。他的脑袋一阵阵剧痛，耳朵甚至能听见嗡嗡的声音。沃克打开房间的窗帘，外面已经是艳阳高照，马路对面是一个十分漂亮的巨大花园，里面有成簇的郁金香。

他脱下掉了扣子的衬衫，上面还有呕吐物掺杂着伏特加味道的恶臭。香皂的泡沫在他的脸颊和下巴上波动着，映射出紫色的光线，沃克拿着剃须刀十分谨慎地清洁脸部。一遍又一遍，他终于肯用清水冲掉，但是顺着脸颊流淌下的并没有胡楂。

正在他整理好自己、准备回家的时候，这时有人在敲房门。一个高高瘦瘦的戴着眼镜的男孩站在门口，"你是沃克·内森吗？"男孩问。

"你是？"沃克完全不知道自己在哪儿，对眼前这个陌生人更是一无所知。

"我是酒店客服部的，可以问您几个问题吗？"他微笑着拿出工牌给沃克看。

沃克半信半疑地让这个陌生人进了门，他们坐在窗前的茶几旁。"请问您入住几天了？"他问。

"我也不知道。"沃克回答，他用尽全力地按着自己的太阳穴，希望能回忆起什么，"昨天我叫了很多服务型AI来家里陪我喝酒，我只记得自己喝多了，说实话我也不知道自己怎么来到这里的。顺便问一下，这里离诺兰大道有多远？"

"不会吧，您真的什么也不记得吗？"男孩确认一遍。

沃克满脸疑惑地点了点头，男孩凝视着他的眼睛，好像有很多话要说。男孩的眼眶竟然慢慢湿润了，瞳孔放大，就这样一动不动地看着他。沃克眨了一下极度疲乏的双眼，男孩忽然变得开心起来，滔滔不绝地说着什么，他却听不见声音。只见男孩时而严肃地表达什么，然后又时而大笑起来。

"先生？"男孩用手拍了拍他的手。

"对不起，你刚刚说什么？"沃克回过神问他。

"我们刚刚聊到你的上一部作品创作灵感。"男孩腼腆地笑起来说。

"是吗？"沃克皱着眉头，继续用力地在心里抽打自己，想要赶快离开这里，问他，"我的灵感，灵感，你说的是哪一部作品？'上一部'你指的是哪一部？"

"先生，您真的挺幽默的。"男孩想用手捂住笑着的嘴巴，但还是露出了洁白的牙齿。

"不，不是。"沃克解释着，忽然发现男孩的牙齿渗出鲜红的血液。

"你衬衫的第一颗扣子为什么不见了？"男孩盯着他问。

沃克满脸惊愕，他低头发现，自己竟然还穿着那件沾着呕吐物的衬衫。可是明明刚才就已经洗过澡换过了，明明就已经脱了，不对，脱完了他又换了什么衣服。沃克陷入混乱的自我质问中。

"我要回家了。"沃克不顾男孩的挽留，径直地走向门口，他想马上就离开这个让自己莫名惶恐的地方。

"你忘了一样东西。"男孩说。

"什么？"沃克转过头问他。

"我。"男孩仍旧微笑着，也僵住了，他皮肤上的汗毛开始急速衰老脱落，渐渐皱纹布满了他的脸颊。然后他张开嘴巴，黑色的烟雾冒出来，有淡淡的清香。他的笑容开始变得淫邪而魅惑，身上长出乌鸦的羽毛，男孩闭上眼睛，呼出最后一口气，最后化成了一摊黑血。那是有灵魂的恶魔，他像藤科动物一样顺着沃克的脚蔓延至他的胸膛，沃克发出惊恐的尖叫。

沃克在自己的尖叫声中惊醒，发现自己竟然躺在和刚刚梦里一样的酒店里，他的衬衫扣子掉了一颗。这时，房间的门铃声响起，沃克犹豫地走到门口，他不敢开门，一种说不清的不祥预感笼罩着他。门铃又响起，沃克凑近猫眼儿可看不见来人的模样。

"谁？"他轻声问。外面的人没有回答，而是继续更加急促地按门铃。沃克深呼一口气，然后转动了门把手，竟然是弗朗多站在门口。

"怎么不开门，手机也关机，你不是说睡一会儿就下来吗，所有人都在会议室等你！"他一副十分着急的样子。

"我要再问一次，这是哪儿？"沃克说。

"你是不是睡傻了，"弗朗多进去打开衣柜拿出一件整洁的灰色衬衫，一把塞在沃克的怀里，说，"快跟我走。"

酒店过道的墙壁上挂了很多照片，上面是各种各样的节日和聚会热闹的场面。沃克被相框里几张熟悉的面孔吸引住了，可是弗朗多并没有给他继续欣赏的机会，而是拽着他快步进了电梯。电梯里的镜子被彩色的壁纸包裹住了，露出一个角，沃克凑过去想要揭开壁纸。弗朗多立刻抢先一步按住了他的手，说："千万不要。"

"到底发生了什么，我怎么会在这？"沃克忍不住又问，他非常焦虑地换上新衬衫。

"先别说了，跟我来就是了。"弗朗多回答。

他跟着弗朗多来到地下七层，经过了几个很长又漆黑的过道，来到一个大会议室的门口。弗朗多推开门，里面是一个堪比国会会议级别的圆桌，有很多非常熟悉的面孔。除了弗朗多以外，还有劳伦斯，安德鲁坐在他旁边；坐在圆桌正位的竟然是 Jeffery。剩下十几个他并没见过的人，也都向他投来质疑和忧虑的目光。

"快坐下，沃克，我们正说到你。"Jeffery 把以前的鬈发拉直，梳成油头背了过去。打着十分考究的领结，方巾被叠成优雅的法式褶，夹在手指上的雪茄上萦绕着漂亮的烟雾，氤氲成一个个椭圆。上次看见 Jeffery 如此庄严的神态，应该是很多年前在父亲乔治·内森的聚会上了。

沃克正了正衣襟，坐在了 Jeffery 对面，旁边端坐着两个身着中山装的亚裔。所有人都默不作声，大家都若有所思，就连安德鲁也是一副心事重重的样子。劳伦斯终于坐不住，把椅子推到一边直接坐到了地上，庞大的躯干直接靠在了墙上，他伸了个懒腰，说："所以现在怎么办？"

"真的不敢相信，太恐怖了。"一个穿着白大褂的女士说，她看起来像是一个医生。

"OK，谁能给我解释一下究竟发生了什么？我只记得昨天和几个 AI 辣妹在家开派对，还有很多其他人，我记不清了，"沃克按着太阳穴，说，"Anyway，这不是重点，到底这是哪儿，我怎么会在这儿，谁能告诉我发生了什么？"他终于在沉默、焦虑以及等待中爆发了。

"天啊，他现在已经开始语无伦次了。你瞧他，竟然已经慢慢习惯这种状态了，这次竟然没有摔椅子。"那个女医生对 Jeffery 说。

"哥们儿，不要让我再解释了，我已经跟你解释八十多遍了。"安德鲁看着沃克忧虑地说。

"这是我第八十三件衬衫了，"弗朗多一边看着他焦躁地拽领子上的那颗扣子一边说，"顺便再说一遍，不要再拽那个扣子了。"

"你这次是喝茶还是可乐？"旁边的中山装男士站起来问他。

"不要再叫我和你一起去买个饮料了，我真的不想在路上再跟你从头讲一遍了。"另一侧的中山装男士惊恐地看着他说。

"我已经记不清我们重复了多少次，然而情况只是越来越糟。你有什么高见，来自远方的巨婴？"一个黑人肌肉型男绝望地看着劳伦斯说。

"难道你还想打一架吗？"劳伦斯站起来，表现出一副要拼命的凶恶表情。

"用你的脑子思考问题好吗？"一个小女孩对黑人说。

"我早就说过了，我们太被动了！"一个满脸胡楂的男人说着，把枪拍在桌子上。

一时间，会议室炸了窝，大家都在互相指责和埋怨，吵闹声充斥了整个房间，沃克听见自己的脑袋又开始发出蒸汽机加速一般的声音。沃克安静地看着他们彼此争执的嘴脸，不禁攥起拳头。

"安静！"向来举止温柔谦恭的Jeffery竟然发出了一声怒吼，大家终于安静了下来，理智又回到这张桌席上，他继续说，"等本杰明，他很快就结束实验了，我们到时候……"

话音未落，这时会议室的门被推开，一张令沃克惊悚万分的面孔走了进来，他就是刚刚出现在噩梦里、化身成乌鸦恶魔的眼镜男。

这个气喘吁吁跑进来的男人叫本杰明·特拉文，他看见沃克坐在椅子上目瞪口呆的模样，不禁笑了出来，"你又回来了，兄弟。"他说。

"赶快说。"安德鲁也按捺不住了。

"没错，跟我的猜想一样，他们是在用无线电波干扰居民的记忆。前八十三次沃克的脑分析里，我发现他的前额叶扭曲曲线有一定规律，这个频率和中心政府最近正在执行的一个项目有关。可是唯一的办法仍然是找到意识七号的数据，这样我们才能反击，从根本上解决问题。"本杰明在圆桌上的每一个人面前放了一份报告。时间紧迫，他竟然还不忘在报告的最后一页骄傲地签下自己的大名。

　　"就是说没有办法了，因为只要出了巨人之路，记忆就会被扰乱。即便是我们现在再想办法给这个可怜虫理清情况，他回去之后会忘记得更多。"女医师注视着沃克说。所有人又陷入沉默，经历十几分钟绝望的对抗，Jeffery终于宣布散会。

　　八十三次尝试遣派沃克冒险出巨人之路，甚至是离开伊莎贝拉区，去十四区寻找玛丽研究成果的线索，并没有显著的进展，反而让沃克的大脑受到了十分严重的未知电波的侵扰。

　　沃克躺在修复舱里，本杰明一边调试着设备，一边询问他问题。

　　"现在感觉怎么样？"他问。

　　"我也不知道，脑子很乱，麻木的，好像睡了好几个世纪才清醒。"沃克回答。

　　"这很正常，因为你的记忆现在是破碎的。你现在能有逻辑地和我交谈，已经算是奇迹了，"本杰明打开一沓厚厚的档案，又问，"这次你上去有什么特别的事情，你还记得吗？"

　　"我梦见你了，你变成了恶魔，好像乌鸦。"他说。

"你说什么，乌鸦？"本杰明惊奇地看着他。

这时隐形电子屏闪现，发出警报，是一条新闻。本杰明点开新闻，视频开始播放："新中心政府有关RTZ-104平流层无线电站的建设，取得突破进展，实验点已经得到积极的结果。政府领导层决定投放资金，扩大电站建设，以及继续发展海洋研究，优化居民生活。这次扩建区域也包括原住民区，伊莎贝拉区中的二区和三区，项目负责人为议员乔治·内森，具体执行时间官方会后续通知。"

迷失好望角

1

世界上的秘密太多，早就多到成为人类文明无法承受的伤痛。悲哀的是，人类的本性总是忍不住去探索这些秘密。然而值得庆幸的是，当它让我们感到失落和伤痛的时候，也给了我们感知幸福和快乐的源泉。人性和罪恶的唇齿相依，就如同快乐和悲伤的相辅相成。

开普敦向南二十四千米以外，好望角的一个小岛屿上，Eva穿着一袭洁白如月的长裙，沙滩上留下一串她的脚印，似五线谱上的音符般沿着海岸跳跃着。红色的发丝梦幻般地随风摇曳，一只海鸥从她的眼前滑翔而过。她随着潮汐的节奏翩翩起舞，那只海鸥在她头顶盘旋着，一直到一阵海浪将那串脚印洗刷不见。海鸥朝着印度洋最深邃的方向飞去，然后消失在云间。

Eva打开笔记本，继续写教授布置的论文，题目是《微观量子运动规律以及量子的感知》。在Youtube上很有名的一个旅游博主，在上个月上传了一个采访南非土著居民可以控制电流的视频。和她一个小组的同学也一起来了这个小岛，大家认为这是一个非常好的课题切入点。

"马车已经准备好了。"玛丽站在Eva身后不远处，说完，她就转身离开了。玛丽穿着骄阳般颜色的吊带背心、性感的牛仔短裤，完美的线条在她漂亮的长鬈发里若隐若现。Eva看着她魅惑的背影，有些出神。

原属葡萄牙的殖民地，但是若奥二世执政期间开辟新航线的时期，为了留下美名，传言他解放了一些秘密的岛屿。至少根据这个岛上的族长的话，的确如此。无法想象在现代社会，科技和文明都已经发展得如此迅猛，世界上竟然还有一个角落，人们过着如此神话般的生活。日出而作，日落而息，放牛耕种，毫无机械辅助，如此生生不息了近一个世纪。

来自以色列的吉尔·哈尔，奥斯陆的特拉文，伦敦的玛丽，圣地亚哥的 Eva，四个人坐在马车上，全都疲惫得有些昏昏欲睡。

"奥斯陆的土地上可没有这么泥泞的泥土。"特拉文说，他生着典型北欧人俊朗的五官和美丽的金发，阳光下闪闪发光。

"那你就回你的奥斯陆吧。"吉尔·哈尔戴着眼镜嘲讽地说。

玛丽拿出一张地图，在上面做完标记说："这是我们在非洲探访的第四十三个超自然事件，目前还没有效的数据，希望这个 Youtube 博主没有骗人。"

Eva 并没有听大家说话，而是沉浸在沿途的自然风光中。

能够控制电流的族长，听起来传奇十足，年轻的玛丽充满了好奇和希望，她盼望着能为目前话语权还薄弱的量子学找到少有的数据支撑。这样，大家再也不用夜以继日地去空谈那些线性代数的运算了。路面不仅泥泞，还被长颈鹿和大象踩得坑坑洼洼，本来就破旧不堪的马车，好像随时就要支离破碎。特拉文用手帕捂住鼻子，车轮碾过两坨动物粪便，传来难以形容的恶臭。

"就是这里。"车夫说着当地的语言。

几个人在恶臭中意识清醒过来，在一个草房前下了车。一个身上还抹着黑泥的年轻男子从中走出来，他戴着和草房一样三角形状的草帽，脸上涂着红白相间的图案。吉尔·哈尔不禁打了个冷战，他在仔细分析这个族长嗜血，尤其是人血的可能性。族长的衣服让玛丽很羡慕，大自然的稻草制作出的衣服，丝毫不虚伪，没有试图掩盖人性。族长年纪轻轻，眼神却异常坚毅，其中还有一种冷漠和平静。他没有说话，但是自从一出现，他的嘴唇就一直在上下波动着，不知道是在念什么咒语，Eva 猜。

"他在说什么？哈尔？"特拉文低声问。

"我的天，我也听不见。"哈尔走上前一步，说："尊敬的族长，很抱歉打扰您。"根据那个 Youtube 博主提供的信息得知，当地说撒拉语。这次启程非洲，由于经费有限，而且自诩语言天才的吉尔·哈尔主动申请成为翻译，提前学了两个星期的撒拉语。

族长依然面无表情地看着他们，沉默不语。哈尔很尴尬地向他微笑，族长拿起手里的长杆，离得很远在哈尔的左右肩上分别点了一下，好像是一种仪式。这种语言的魅力在于，语言本身在很多时候并没有意义，而是要结合肢体的表达，甚至是环境的配合，还有对手的呼应。

"大老远跑过来看尊贵的吉尔·哈尔被加冕，这真是荒唐。"特拉文翻着白眼说。

空间狭小的草房里，几个人围坐一圈，族长位于中间。哈尔举着手机，播放着族长当时被采访，表演电流控制的视频。屏幕中，一台马上就要没电的手机，放在族长的手里，族长蜷缩在地面上，双手举着手机向天致敬状。手机突然显示充电的状态，镜头还特别地给充电标识了一个很明显的特写。

已经看过无数遍这个视频，可是 Eva 再次发出惊讶的赞叹。族长却在看完了视频以后，摇了摇头。他突然很生气地把这四个外来客，赶出了屋子，以一通听不懂的语言对着他们叫嚷了一顿之后，族长把门关上了。任凭哈尔说什么，里面都没有反应。这个荒岛上，手机完全没有信号，眼看天色渐渐就要黑了。

这个岛屿，在地图上并没有显示，事实上他们一路到达这里，用的地图是那个Youtube博主提供的手稿。他们开着游艇按照手稿上的路线，一度都不差地行驶了二十多千米，才找到这个岛。几个人无奈之下，只能暂时走回到游艇上休息一夜。也许是在马车上的时候，大家都昏睡了过去，明明印象里不太长的路，现在徒步走起来却有种跋山涉水的感觉。

哈尔看着天马上就要黑了，但是前面好像依旧是曲折的车辙道。他主张大家停下休息，等待马夫或者部落里其他人路过。那个Youtube博主告诉他们这个小岛上大概有百八十个居民，哈尔希望他说的是真的。特拉文一路上都在盯着指南针，令他手足无措的是，指南针的罗盘甚至在抖动，指针从来没有稳定指向过一个方向。Eva在慌乱中把自己的背包落在了那个族长的房子里，几个人随身的口粮又少了四分之一。

他们离族长的房子越来越远，已经过了一个多小时，但是这条车道好像是没有尽头的迷宫。玛丽主张大家分成两队，一队继续向前找到游艇，另一队掉头回去找族长求助。作为唯一可以说撒拉语、班博拉语和喝伊博语的人，哈尔极力反对这个提议。因为黑夜一定会在一小时以内降临，他可不愿意冒这个险。特拉文虽然向来喜欢嘲讽他的懦弱，但是连他都认为掉头回去可不是一个好想法，就算是要回去，早该在三十分钟，甚至是二十分钟就这样做了，现在太晚了。

傍晚时分，他们竟然来到一片丛林前，没错，这条车辙，唯一的希望，最终竟然消失在幽暗的树林里。这个画面，绝对不是任何人记忆中来的路。四个人站在这片树林前目瞪口呆，Eva 突然开怀大笑起来，说："瞧瞧我们几个，未来的量子学的栋梁，竟然迷路了。"她蹲坐下来，四处张望，"如果这时哪个时空的量子可以干扰一下我们的意识，给我们指条路就好了。"

经过商议，大家一致认为进入丛林是太冒险的行为，只会让情况更糟。他们在附近捡了一些干树枝，生了火，四个人围坐一圈。Eva 一路蹦蹦跳跳，到处观察和探索，已经累得睡着了，她的红发在火光下好像一盏灯。哈尔蜷缩成一团，东看看，西看看，时刻提防着野兽的出现。特拉文点开手机的音乐播放器，悠扬的乡村蓝调回荡在草丛间，所有的躁动和不安随着夜幕都渐渐平静了下来。

"突兀的转角，美丽而崭新的新世界。"特拉文说。

"好望角的美丽由来。"玛丽注视着火堆，木柴在火中发出吱嘎吱嘎的声音，好像生命最后绽放时的欢愉。

"那个好望角的传说，并没有把故事最精彩的一段讲出来。"特拉文转头问哈尔，"你知道这个故事吧？"

哈尔默不作声，原来他早就抱着背包睡着了，手里刚才紧紧攥着的石头，掉在了地上。

"葡萄牙人探寻印度，开拓新航线的故事，有什么特别的？"玛丽问。

"那你知道他们在好望角漂流的十三天到底发生了什么吗？"他继续问。

玛丽摇摇头，她隔着燃烧的火焰，听着本杰明·特拉文讲述来自15世纪的传说。故事里充满了奇幻、悬疑还有信念，她听得如痴如醉。转眼天渐渐就亮了，Eva苏醒过来，清风徐来，空气中弥漫着香草的气息。哈尔还在睡梦中，玛丽和特拉文竟然还在说话。

"太不可思议了。"玛丽惊叹道。

"可是后来，'13'这个数字变成了不祥的征兆，而原本的暴风角，却改名叫好望角，是不是很可笑？"特拉文不论谈论什么事情，总是喜欢用嘲讽的语气开头或结尾。

"对啊，我们现在深陷好望角，再往前继续行进，是不是就到印度了呢？"Eva揉着眼睛说笑。

2

六万七千八百五十二次祷告后，呼吸还在不断重复，一样的起伏频率，重演着一次次生命的抗争。太阳升起的时候，男孩睁开右眼，黝黑的皮肤，坚定犀利的目光可以和晨光匹敌。众人们惊叹他的出现，想要把他奉为神明。直到有人说出一个惊人的事实：太阳并不是升起，而是在降落。他大呼男孩黝黑的皮肤就是光芒洒过的证明，直到男孩闭上眼睛，黑夜真正降临的时候，祷告才终于停止。

特拉文拄着一个木棍走在曲折的小路上，玛丽、Eva和哈尔跟在他身后。他们坚持顺着原来的方向行进，不知不觉竟然这样走了六天，行囊中所有的粮食已经吃光，幸好这个岛上不乏水源和植物，并没有因为脱水而丢失性命。难以置信的是，当他们按照路线到达这个岛屿的时候，它在望远镜里的样子并没有这么大，以至于四个人走了一个多星期还没有到尽头，也没有绕回原来经过的任何一点。

这已经不是他们第一次陷入这种境地了。在探寻意识控制的道路上，他们被骗过太多次，可是每一次有新的希望出现，没有一个人会犹豫，即便是胆小谨慎的哈尔，也不愿意失去任何机会。

"这世界上有两种目前科学解释不了的东西，"特拉文一边挥着木棍驱赶蚊虫一边说，"要么就是谎言，要么就是意识的存在。"

"我敢打赌，那个年轻的族长一定是个临时演员。"哈尔生气地说。

"真是不敢相信，把我们从大西洋的另一端骗来对他们有什么好处，这也太费事了，真是个笨方法。"玛丽笑着说。

"如果我们都饿得瘫倒在草丛里，也许很快就会知道原因了，那个时候我敢保证，为了活下去我们什么都会答应。Eva，你会写给他们一张百万美元的支票吗？"特拉文十分严肃地回头看着Eva，没想到Eva的父亲是美国非常成功的银行家，这么快就成为他嘲讽这个世界的新理由。

"你在开玩笑吧？"玛丽吃惊地看着他说。

"什么都有可能。"他对玛丽说，然后继续看着 Eva。

"写给他们两百万，然后把那个博主的嘴巴裱在我的生物标本里。"Eva 有气无力地说。从出发就欢呼雀跃的她，现在终于被疲惫和绝望惹怒了。

"听起来不错，毕竟总比我们几个被活剥皮，然后挂在树上，假装异形和铁血战士来过，当作为他们下一个行骗项目好很多。"哈尔苦笑着说。

这次换成特拉文捧腹大笑了，他转身继续向前走，嘴里念叨着："人类的意识真是太有趣了。"

迄今为止，在这个岛上，并没有任何一个其他的当地族人出现过。连玛丽也开始认为，他们再一次被骗了。这时，伴随着一声尖叫，特拉文不小心掉进了草丛里隐藏的一个地洞里。目测这个地洞大概有四英尺深，特拉文的脚踝被扭伤，动弹不得。

哈尔虽然十分瘦弱，但是他沉甸甸的背包装了很多救命的东西，玛丽找出绳索，三个人仅存的体力把特拉文从地洞里拉了出来。但是，他的脚伤得很严重，需要尽快去医院。最后几个人决定，在原地等那两个无耻之徒自己找上门，想办法让他们带路。

"准备好了吗？"Eva 左手托着特拉文的脚踝并用力地捏住关节处，还没等他回答，就听见骨骼摩擦的声音，特拉文咬住自己的外套，表情狰狞。

特拉文和 Eva 留在原地休息，玛丽带着不太情愿的哈尔继续向前行进，"我们真的太幸运了，天知道还有多少陷阱，这些人渣！"他不停地咒骂着。

玛丽每走一步都要仔细查看地面以及四周，沿途果然还有一些陷阱、暗网、铁夹等。他们在走过的地方每隔两米就用石子或任何可以用的东西留下记号。不知道又走了多久，体弱的哈尔明显已经走不动了，脸色发青，浑身颤抖。

Eva撕碎了特拉文衬衫的袖子，十分专业地给他包扎上。"这个设计师的手工费可不便宜，不过现在已经瘦成骷髅了，无论如何都不合适了。"他还咬着牙忍痛说笑。

眼看天又要黑了，这已经是第十个黑夜了，Eva把白天在附近采来的野果放在桑树叶上，她本想尝试捕猎，给自己和这个病号改善一下伙食。可是体力也快消耗到极限的她能找到野果就已经很勉强了，根本追不到那些山间身姿灵活的小动物们。一向热爱大自然的特拉文现在也忍不住去臆想那些美味的肉食——六分熟的牛排、烤羊腿、沙拉鱼双层汉堡，还有那些平时他认为非常粗俗不堪的食物。现在看来，那些简直就是上天最好的礼物。

又是一天清晨，Eva像前一天一样，去寻找食物，特拉文的脚伤渐渐好转，开始消肿了。多亏了Eva丰富的野外求生和急救的技能，他心里想。玛丽和哈尔离开以后，一点儿动静都没有，他们的手机也早就没有电了。他祈祷着天空中突然出现一缕信号烟，让这愚蠢的一切赶快结束，如果他能活着离开，将来一定要回来把这个鬼地方一把火烧了。

林间的潺潺清泉顺流而下，疲惫不堪的 Eva 倒在河边休息，她用水杯灌了满满一壶的水，然后一口气都喝光，瘫倒在地上。附近的野果这些天都被她采光了。她为了找到食物，每天都要走更远的路，甚至已经不觉得这深林间有什么可怕的。这时候，就算是有野狼的叫声传来，她也会丝毫不惊恐地找个隐蔽的地方躲起来——运气好的话，杀了它还能吃顿肉。

"你还好吗？"Eva 睁开眼睛，一个红发小女孩的脸映入眼帘，她定睛一看，吓得立马跳了起来，眼前这个八九岁大的孩子竟然是自己。

小 Eva 背着背包，戴着一个棒球帽，她笑起来的时候露出还没长好的豁牙。"你怎么在这？"她听见自己说出的话还有看见的东西。简直太荒唐了，Eva 想。

"我和家人暑假露营，你怎么一个人在这？"小女孩说。

"家人，我父母，哦，不是，你父母也在这？"Eva 惊恐地问她。

"他们就在河的下游，我们在烧烤，你要不要过来一起吃？我爸爸调制的酱料特别好吃。"小女孩说。

眼前这个女孩就是自己，毫无疑问。Eva 回想起三年级的暑假，父亲带自己和妈妈去哥伦比亚的丛林里游玩的事情，那个酱料的味道在她的味蕾上不停地盘旋。他们遇到了一条大蛇，父亲教会她如何和动物沟通，她在大蛇离去后还捡了一块蛇形的石头。

"石头？"Eva 突然问她，"你是不是昨天捡到了一块蛇形的石头？"

小女孩十分提防地看着她，然后从口袋里拿出一块石头，果然是那块蛇形的石头，Eva不敢相信自己的眼睛，她兴奋地问："可以借给我看看吗？"

　　小Eva思考了一下，然后递给她说："你一定要记得等一下还给我哟。"

　　她跟着小女孩顺着河的下游一直走，一路上有说有笑。小女孩把在学校和同学们的趣事分享给Eva听，她听了忍不住大笑，告诉她很多同学背后的秘密和八卦，甚至包括妈妈和爸爸吵架的原因。看着小女孩吃惊的表情，Eva竟然渐渐相信眼前的事情都是真的。

　　Eva一边走一边看着手里的石头，说："以后不管发生什么，你都不要认输。"

　　"我的成绩从来都是名列前茅，我已经连跃三级了，他们叫我小……"小女孩还没说完，Eva抢先一步说："小爱因斯坦。"

　　小女孩回头看着她，笑着说："你这个人可真有趣，虽然你说中了很多事情，但我还是不相信你就是我，这需要很多数据支撑的，骗人可没那么容易。"

　　"当然，没人能骗得了我。"Eva一边欣赏着石头，一边得意地说。可是她一抬头，小女孩竟然不见了。她在山间呼喊了很久，可是并没有人回答她。Eva紧紧攥着那个蛇形石头，不敢相信刚刚发生的事情。天色渐晚，她赶快又顺着原路跑了回去。

3

　　浪花的顶端总是站着一个幻影，看不清，却不可捉摸的真实。四季，昼夜，风暴，喧闹，没有一刻安宁可以在此容身。脱了鞋子的人总是不畏惧沙粒的尖锐，粗糙的皮肤解释了一切的存在。力量伴随着呼吸，微弱地起伏。鲸鱼飞跃出水面的一刻，幻影跌入水中。夕阳被拉扯进直线的尽头，痛苦地咆哮，鲜血淋漓。漩涡在海中央记录了这一切，可望而不可即的勇气。

玛丽已经累得站不起来，她匍匐在地上，边休息边探察前方。哈尔已经远远地落后十几米，他躺在地上，呼吸都很疲惫的样子。这时，传来玛丽的声音，"有情况！"她大声地回头呼救。哈尔立刻跑过去，吓得说不出话，玛丽的面前是一个六十多厘米长的脚印。

两个人彼此对视了一下，惊异得下巴都要掉了下来。刹那间，哈尔以迅雷不及掩耳之势，把玛丽扑倒在旁边的树丛里。他按着玛丽的头，让她千万不要出声。两个人深藏在草丛里，单叶植物高过他们足足有十厘米，周围寂静得只能听见两个人的喘息声。然而哈尔还死死地按住玛丽的嘴，恨不得两个人都窒息才好。

忽然，两人感觉地面在震动，玛丽把耳朵贴近地面，震动越来越猛烈。她的表情变得越来越恐惧，地面开始晃动，如同地震一般。玛丽和哈尔眼看着一只只巨大的野兽的脚从眼前一闪而过，他们一动不动，不约而同地屏住呼吸，连抬头看一眼的勇气都没有。

哈尔此时镇定地用胳膊紧紧地抱住玛丽，她瞪大的双眼不知不觉掉出一滴滴眼泪。它们疾驰而过的时候，树丛也跟着摇摆，树叶簌簌地掉落一地，像是一阵暴风袭来，草丛毫无反击之力地伏倒在地面上。玛丽甚至感觉到那些看起来纤细弱小的植物，此刻正以千斤的重量压着自己的脊梁。哈尔用力地抓住草根，盼望两个人不要被震起来。

未知的巨兽群终于疾驰而过，地面的震荡渐渐减弱，哈尔紧抓着草丛的手慢慢松开了。两个人渐渐放松呼吸，非常谨慎地让胸膛起伏，极度的惊悚和紧张麻木了他们的肌肉，在原地匍匐了十分钟才起来。玛丽擦干了眼泪，平复了一下情绪，确定它们的身影确实消失在了视线里后，才慢慢起身。

"刚刚那是什么？"哈尔低声说了第一句话。

玛丽还没有做好说话的准备，只是摇了摇头，两个人的疲惫感全无，如同经历九死一生后，满血复活。哈尔扶着惊魂未定的玛丽正准备转身离开，他的心脏此刻要停止跳动了：一只恐龙，不——确切地说是身长大概九米，身高有三人高的巨齿龙正站在他们面前。它很安静地看着同伴远去的背影，一动不动，像是一个雕塑。

"不要动。"哈尔用最小的音量说。玛丽紧紧攥住他的手，他感觉自己的手已经疼得没有感觉了。

没错，这是一只于史前一亿年就灭绝的巨齿龙，准确地说是侏罗纪晚期。它眨了一下眼，呆滞地看着两个人。它张着嘴，每颗牙都和哺乳动物的下颚一样大小。

巨齿龙伸出舌头，在空中打了个盘旋又缩回去，它刚准备拔腿的时候，哈尔立马掏出匕首。

"你疯了！"玛丽说。

哈尔一下把玛丽推进草丛，然后把匕首举过头顶，对着巨齿龙大喊道："你这么好奇我的味道吗？"

巨齿龙抬起的脚又放回了原地，玛丽被震得从地面上飞起来，它对着哈尔咆哮了两声，声音的巨响震得哈尔没有站稳，直接瘫坐在了地上。哈尔毫不犹豫，举起刀切下了自己的小拇指，鲜血流了一地。他疼得发出刺耳的号叫，在地上打滚，玛丽捂住嘴巴惶恐不已。

哈尔从剧痛中慢慢坐直，用另一只手捡起自己的小拇指，举过头顶，用最后一点儿气力向它喊道："来吧，朋友，尝一尝。"

巨齿龙呆滞地看了他两秒，然后慢慢向前走了两步，哈尔仍旧低着头，不敢直视它的眼睛，玛丽也捂住脸不敢看。巨齿龙硕大的身躯停在哈尔面前，它张开嘴，浑浊的口水从高空直接砸在了他头上。哈尔像被木棍敲了脑袋一样，有些发晕。他摇摇晃晃地把掉在地上的小手指又捡起来，重新呈在它面前。

哈尔紧紧地闭上双眼，嘴里念着圣经，玛丽在草丛里也同时流着眼泪祈祷。巨齿龙伸出长舌在哈尔的手上快速滑过，吃了他的小手指。哈尔的整个手臂甚至是全身，被他黏稠的口水紧紧包裹着。

巨齿龙好像没有体验到咀嚼的快感，向着天空再次号叫了一声。哈尔一只手撑在地面上，眼泪滴在地上瞬间被泥土吸收不见。

声音回荡了一会儿，一切又安静下来。玛丽慢慢睁开眼睛，哈尔竟然还四肢健全地跪在巨齿龙面前，而巨齿龙正在盯着哈尔，眼神依旧呆滞。

哈尔一动不动，大概是吓晕了过去，玛丽想，她将一颗小石子丢向哈尔。他这才敢抬起头，不敢相信自己还活着，但是此刻巨齿龙的下颚就在距自己十厘米远的位置。哈尔咽了一下口水，竟抬起颤抖的手，轻轻地放在它的嘴角。他小心翼翼地轻抚着巨齿龙的皮肤，粗糙龟裂开的皮肤——不，应该说像是盔甲。

巨齿龙慢慢眨着双眼，眼皮一开一合，哈尔十分不自然地露出尴尬的笑容。然后，它抬起头慢慢走向远处，哈尔回过头看着它的背影，一点点地消失在地平线。然后，他眼前一片黑暗，昏了过去。

太阳快要落山了，已经是第十二个黄昏了。特拉文已经可以站起来了，他尝试着向山间的方向走着，因为 Eva 清晨离开后到现在都没有回来。他十分担心 Eva 发生了危险的情况，即便自己现在是个瘸子，也不希望同样糟糕的事情发生在同伴身上。

刚走没几步，就看见一个身影从远处跑过来，"特拉文。"Eva 离得很远就大声呼喊着他的名字。她飞奔到特拉文的面前站定，急促的喘息声让特拉文更加焦虑了。

"到底发生什么了？"他问。

"我看见另外一个我了。"她说。

特拉文一脸疑惑，说："你是不是营养不良，出现幻觉了？"说完他替 Eva 擦干额头上的汗珠。

"真的是八岁的我，"她马上掏出一路如珍宝般看护的蛇形石头，"这是我八岁的时候在山涧捡到的，刚刚我自己，把它给了我。"

特拉文拿过石头，仔细地看，就好像 Eva 刚刚接过石头一样充满质疑的审视。她把自己白天在山洞的经过都一五一十地讲给特拉文听，起初他并不相信，还是认为 Eva 是在荒岛上产生了幻觉，毕竟就凭一块石头，很难相信她的话。

"是你说的，不是谎言，就是意识出现。" Eva 笃定的眼神有些动摇了他。

黑夜就要降临，但是特拉文决定，要陪 Eva 回去刚才那条河边，一探究竟。任何机会，都不能放过；任何风险，都是值得承担的。Eva 扶着一瘸一拐的特拉文，两个人再次走回山洞。路上，他们边走边休息，毕竟夜路不好走，而且手电筒早就没电了。Eva 只能凭记忆顺着有河水流淌的声音去找，虽然他们就算找到了也不知道下一步要做什么，但是特拉文坚信，只要她没说疯话，那就一定会有发现。

第十三天的清晨，哈尔和玛丽一觉醒来，天气还是和前一天一样闷热，艳阳高照。玛丽准备去给哈尔采些草药给他的伤口消炎。突然，哈尔拽住玛丽，说："别动，你听。"

玛丽停下脚步，四周寂静，隐约间一阵阵海浪声传来，声音越来越清晰。顾不上探察陷阱，玛丽二话不说就向海浪声的方向奔跑起来。哈尔也瞬间感觉不到疲惫和虚脱了，跟在后面拼命地跑起来。印度洋的潮汐澎湃，更加充满激情，蓝色的海域就像维基百科上描写的一样，由于地壳和海洋寒暖流方向等原因不同，呈现出更多色泽的层次感。

玛丽站在这个魔幻的地方遥望着一望无际的大洋，哈尔立马拿出望远镜，来确认这是否是印度洋沿岸。根据地貌来看，他们的确毫无道理地跨域了大西洋和印度洋的交汇线。

　　Eva 扶着特拉文，两个人竟然从另一个方向的丛林里走了出来，也站在了海岸边。印度洋的浪潮和好望角的传说中一样，壮阔而震撼。四个人伫立在悬崖上，看着海浪如铁锤一般重击着峭壁，感觉脚边的石子都在颤抖。

　　原来，那个 Youtube 博主没有说谎。

4

发出啾啾声音的吉祥鸟，降落在一根分叉干枯的树枝上。一个喷嚏扰乱了残余的光合作用，树根开始缠绕着大地嘶吼。风沙袭来的时候，吉祥鸟不敢睁开双眼，枯竭的语言诉不尽它的秘密。走失在沙漠里的绿叶，在最后一刻屏住了呼吸，那是它仅有的胜利品。悄然无息的岁月撒下了战争的种子，顷刻就可以毁灭整个宇宙，我们选择对绝命的声响充耳不闻。智者说，有智慧的人要做一只了不起的吉祥鸟。发出哼唧的苟延残喘声，是面临死亡最后的尊严。用尽力气怀抱自己的时候，又忍不住微笑着打一个哈欠。这，是一场多么欢乐的闹剧。

暴风角，沃克在纸上不断地重复写着，而他的眼睛却盯着空空的屏幕。三天四夜，沃克一直无法入睡。关于太多梦的心理压力，让他根本无法睡着，他身体里的每一个细胞好像都在抗拒做梦这件事情。

　　他的脑海里都是玛丽给他讲关于暴风角的那个故事时，她的一颦一笑。母亲给他不停地重复讲这个故事，到底背后有什么原因。这个问题似乎已经渗透进了沃克的血液，与这件事无关的因果逻辑都已经被他的大脑屏蔽了。巨人之路反抗中心政府的团队也陷入了工作的瓶颈，而与此同时，政府的霸权政策却在伊莎贝拉大区如火如荼地推行着。越来越多的人，因为无线电波的侵扰，已经开始精神焦虑，思维混乱，丧失记忆，本来空荡荡的街道渐渐被暴力充斥着。

　　而中心区由于持续光照和炎热引发的热疾和自杀的消息，也渐渐在伊莎贝拉区传开。同时，一样的措施也将在这里施行，这个消息无疑引发了大规模的恐慌。不仅是在新闻中、网络上、地下组织里，甚至密不透风的巨人之路中，无人不知。短短的几天时间，究竟政府是如何让无所不能的新人类现在也变成如同热锅上的蚂蚁的？每每想到这里，Jeffery心里就惶惶不安。"到底你们想要什么？"他看着电视说，乔治正在接受记者采访，侃侃而谈。

　　AI护工把刚做完复健的玛丽推回到病房，然后把她安置回病床上。老乔治看着玛丽被装在棺材一样的大盒子里推进房间，然后在毫无知觉的情况下又被放回病床上，如同任人摆布的木偶。

他知道玛丽一定不愿意看见用这种方式维系自己的生命。她是永远不屈服，坚持真相，拥有大智慧的强者，而不只是个普通女人。可是现在的她，每天都在承受着不可想象的侮辱。

玛丽出车祸的那天，正是乔治试行清除记忆手术的第二天，他接到通知自己前妻重伤病危的电话。记忆刚被破碎清除的乔治，按照通知的要求到了医院。面对躺在眼前的这个陌生女人，乔治不知道自己应该做何反应。主治医生当面又重新复述了一遍病危通知，告诉他想要救她，就要移植 AI 器官。如果他的前妻运气好能恢复意识，还必须同样接受 DUP 的治疗手术，这样才能继续活下去。

而乔治在来医院的路上，翻阅了大量关于自己前妻的资料。他了解到这个女人，是一个终生都在致力于人类意识研究的先驱。她奔波于世界各地演说，推行意识流和量子学，证明灵魂的存在。这样一个人会愿意和他一样，做一个不保留自己记忆的人吗？就像她在一次声明中所言，行尸走肉并不是人类生存的意义。

乔治在医院的走廊里犹豫了很久，不论是从理智上分析，还是从道义上说，都不该再阻拦她离开。可是这时，乔治的手机却收到一封邮件，发件人不详。邮件的内容是一个视频，乔治打开后很惊讶。视频里的人正是自己，时间只有短短的十秒钟，他说，无论如何，都不能让玛丽出事。老乔治就这样，满怀疑惑地在手术书上签了字。这之后玛丽的确像医生保证的一样，顺利地活了下来。

而他，作为一个新人类，却在面对抉择时，选择听从一个荒诞视频的告诫。这样的事实，让乔治不愿意去面对。所有关于新人类的完全理智抉择的设定，并没有在乔治身上生效。更让他不解的是，之后每隔一段时间，就会收到一个新的视频。视频里的自己告诉他，从前乔治是如何讲究穿着，饮食，所有的偏好，自己是如何一个桀骜不驯、自以为是的资产阶级。

　　在第一批 DUP 名单里，乔治·内森拥有出色的背景、经验和学识，他顺理成章地成为中心政府最早期的官员。历史总是不断地重复，乔治·内森如愿以偿地在新世界的秩序下，再一次站在了规则的顶端。

　　乔治终于如愿以偿地成为真正能够影响社会格局的议员，而不再是从前空有名头的政治傀儡的党羽。只可惜此时的他体会不到那种期待已久的愉悦，取而代之的是一种无须自知的冷漠。新的秩序和人类的定义告诉他，过去的所有都已经轻如鸿毛，重建人类先进的文明是所有人的己任。

　　定期的体检结果表明，他原本已经衰竭的心脏，被尼古丁摧残的肺部，还有原本因为年老而坏死的关节，都在快速地修复和重生。他丢掉了药箱里所有的药物，每天准时深度睡眠四十分钟，再也没有做过梦。这天他在办公室整理备选议员名单的时候，耳边突然传来一个女人的声音：乔治，你还好吗？

　　他在有关玛丽的影像资料里搜索对比，十分确定这就是玛丽的声音。之后他常常可以听到玛丽对他倾诉有关她的伤势，有关她多么讨厌每天的复健，还有 AI 可笑的麻木。乔治开始以为这是 DUP 术后恢复期的正常症状，会慢慢消失。

但后来，他可以听到越来越多不同的声音，尤其是他每次去审查面试那些 DUP 的新申请者以后，会时不时地听见他们各种自言自语。吉尔·哈尔博士认为，这是乔治获得的超能，初步可以判定是读心术。当然这并不是哈尔亲口告诉他的，而是在检查时乔治听到了他的内心独白。

正当他得意之际，一封神秘邮件通知再一次显示在他的电脑屏幕上。不出意料，附件中视频又是他自己。可是这一次视频的内容却冗长枯燥，他看着自己一直在碎碎念一些无关紧要的生活琐事：牛排为什么一定要六分熟，法式领结到底搭配什么样的衬衫，现代流行音乐如何低俗，脂肪只应该长在底层垃圾的身上，说话露出下牙的模样多么愚蠢……乔治看着视频里自己刁钻刻薄的模样，常常会忍俊不禁。

令人莫名其妙的神秘视频就好像订阅的杂志，在固定的时间就会出现：从起居作息、兴趣爱好、人文地理甚至是哲学问题的探讨……终于，吉尔·哈尔博士终于正式通知他，作为一名新人类，乔治顺利挖掘出自己的第一个潜能。他开始每天用心地聆听那些回荡在耳边的陌生人的声音，虽然他毫不在乎他们说了什么，却很享受这样的感觉。他在工作上越来越游刃有余，获得了威望。他想这一切都要归功于，没有人可以在他面前说谎话。但是不久后那些声音却开始变得模糊，甚至渐渐消失。乔治开始感觉到惶恐，他有些无助地去寻求吉尔·哈尔博士的帮助。哈尔并不能给他明确的解决方法，因为所有的这一切都在实验阶段，任何可能和不可能都会随时发生。也许，等他一觉醒来，他能飞起来也不一定，哈尔说。这样的打趣，在现在的乔治眼里，显得有些愚蠢。

审判之日

1

未知的声音，暴躁的喘气，低俗的节奏，奇怪的想法，骄傲的伤患，伊莎贝拉区充斥着灵魂的哀号。它们在被屠杀的战场上无处躲藏，在绝望中预备消失殆尽。究竟怎样纯粹的灵魂才能留存，意志在白昼的面前，惊慌失措，无时无刻不在祈祷黑夜的降临。

所有的生命都是有意识的。事实上，何止是动物，也许植物，甚至是这些桌椅也有意识呢。

植物，甚至是这些桌椅也有意识呢。

伊莎贝拉区距离持续白昼的执行日越来越近，地下俱乐部里人满为患，门票飞涨。街上到处都是关于海底一万米俱乐部的搭建谣传。消息不胫而走，银行贷款部门口每天清晨排满了人，他们倾家荡产地借钱，为恐怖的白昼季做准备。新闻里中心区的伤者和自杀人数不断上升，刚刚稳定没多久的新政府面临着第一次大规模的危机。这样自杀式的政策是为了清扫所有意识失控的可能性，他们别无可选，乔治·内森在来自伊莎贝拉区记者的采访中说。

"难道黑夜真的与意识和超能的失控有直接关系吗？"女记者问。

"我们现在还没有非常直接的有力证明，但是昨天被捕获的犯人，超能已经在持续白昼的监牢中基本丧失，我认为这是唯一的解决方式。"坐在乔治旁边的吉尔·哈尔博士说。

"您是说那个可以扭曲空间的杀人魔吗？"她继续问。

"他曾经可以，现在已经不能再造成任何伤害。"吉尔·哈尔博士回答。

"DUP 治疗后的新人类也会危害社会，这和中心政府的完全理智人性论是不是相悖了呢？"记者问。

"任何事情都有发展过程，这样不断研究和矫正的环节是必不可少的。"乔治有些不耐烦地准备结束访谈，他正了正衣襟站起身说。

"据说议员您的超能是读心术，这是真的吗？"女记者不依不饶地问。

乔治并没有理会她的问题，而是带吉尔·哈尔博士离开了会议室。

距离白昼计划降临伊莎贝拉三区还有十小时，最后一个黑夜的诺兰大街正上演一场疯狂的盛宴。数十年不曾出现往昔车水马龙的景象，看起来如此不真实又令人不安。曾经骄傲的资产阶级倾家荡产不惜为了换一张地下组织的门票，他们正收拾行李，准备驱车前往可以保命的地方。只不过运气好的人，手机导航里有明确的目的地。而运气不好的人，则是倾尽所有，却换来一张不存在的门票——一个兑现不了的承诺。

没错，世界上每一次的动乱，总是有人能从中攫取暴利，用谎言去扼杀一部分人最后的希望。这些驾着车，却不知道此时该去哪儿的人，陷入恐惧的疯狂。对痛苦和死亡的恐惧犹如蔓延的病毒，把他们逼上了悬崖一般。他们既离不开伊莎贝拉，也找不到在这里存活的一席之地。

安德鲁的车淹没在熙熙攘攘的诺兰大街上，周围充斥着汽车急促的鸣笛声、人们的叫骂声以及路边的哭喊声。车子已经堵在这个路口快二十分钟，安德鲁无奈，只好把车停在路边。谁知他刚一下车，就被一群落魄的年轻人推倒，车子被他们抢走然后向反方向扬长而去。安德鲁站在树下，静静地看着眼前的景象，这简直就是真实的万圣节。行人们狰狞的面目，沾满鲜血的肩膀，掺杂着灰尘的眼泪，匆忙的或者停滞不前的脚步……安德鲁查看了一下手机，有一条新消息。

一杯半糖加奶的拿铁，Jeffery 发来短信说。

"杰克，你看见杰克了吗？她是我老公。"一个惊魂未定、衣冠不整的漂亮女士突然抓住他的胳膊问，她的马尾散落了一半，如同她不知所措的眼神。

安德鲁不知道怎么回答这个显然已经丧失理智的女士，她马上抓起旁边那个步伐匆忙的小女孩问相同的话。小女孩根本不等她说完，直接把她推倒在地，然后大笑着跑开。没错，这不就是一场盛世空前的嘉年华吗？他想。

五角咖啡里面已经空无一人，安德鲁礼貌地问："有人吗？"并没有人答应，他走到柜台里面，熟练地操作起咖啡机。安德鲁拿起桌上的菜单，然后给自己调制了一杯玛格丽特，掏出七十九块钱放在桌上，"自己做的，所以就没有服务费了。"他自言自语地说。

正当他转身准备离开的时候，刚刚那个推倒别人的疯癫小女孩跑了进来。她突然拿起枪对准安德鲁，说："把你身后的桌子推过来，挡住门，快点儿。"

安德鲁根本不知道发生了什么，但也只能按照小女孩说的做。他放下刚调制的玛格丽特和咖啡，尝试用力拉动身后的金属吧台。虽然他是 AI，但这个吧台还是太沉了，安德鲁根本推不动。

小女孩看他吃力的样子，放下手里的枪走了过来，说："天啊，你真是个该被淘汰的 AI 智能。" 安德鲁吃惊地看着她，小女孩鬼魅般地笑着说，"我是个孩子，但是我不傻。"

说完，她帮安德鲁一起推吧台的另一端，虽然还是有些吃力，但是竟然成功地挡住了门。小女孩十分谨慎地把桌子挡住门再反锁上，她转过头说："我叫凯洛琳，从现在开始，你是我的士兵了。"

这时，她发现原来吧台挡住的地面上有一个门板，安德鲁走过去轻轻地拉开门板。是一个抱着白猫的黑人，他穿着红色的丝绒西装，身材瘦弱。"不要杀我，我只是来这里避难的。"他说。外面的熙攘声没有停止过，安德鲁打了一个哈欠，他看了一下表，已经出来四个小时了。

"这个地下室只有这么大吗？"凯洛琳问。

"没错，只能装下一个人，本来是用来存酒的，里面有冷藏装置，"黑人小哥犹豫了一下，继续说，"其实我是这里的老板，我叫艾米。"

三个人蹲坐在窗户下面，外面不断传来吵闹声，时不时有人砸玻璃，踹门。艾米的猫安静地趴在小女孩的腿上。安德鲁焦虑地查看手机，真不该答应 Jeffery 帮他买什么咖啡，他想。艾米掏出一根 M，递给安德鲁，然后忽然反应过来，说："我竟然忘了你是 AI，别担心，自从这里变成伊莎贝拉以后，我就把玻璃都换成防弹的了。兄弟，真的花了我不少钱，但是很值得。"

街道慢慢清静了下来，可是阳光也慢慢投射进窗户里，审判之日终于开始了。门外一片混乱的战场，似乎是上个世纪的事情。外面阳光明媚，路边的树枝随着微风摇曳着。三个人都睡醒了，他们趴在窗户上目不转睛地盯着外面。真是难以相信，本该一片狼藉的街道，竟然十分整洁，好像什么都没发生过一样。

安德鲁终于可以出去了，他兴奋得想要推开桌子，可是艾米却突然拉住他的手，说："你看外面。"

这时，街道对面的伊莎贝拉诺兰银行里走出一个醉汉，他摇摇晃晃地拎着一个酒瓶，嘴里唱着旧国爱尔兰的国歌。他在马路上嘶吼着，然而满口的爱尔兰方言，凯洛琳根本听不懂，她问："那个疯子究竟在喊什么？"显然，这一清早的歌舞表演引起了她的注意。

"你们不能打败我，这是我的国家，属于我们的世界，贱人们，"安德鲁仔细地听他叫喊，然后慢慢翻译着，"你们拿走了我的房子，我的车子，还要夺走我们的时间……"

突然一声枪响，男人倒在了血泊之中。酒瓶碎了一地，酒精稀释了他的血液，在阳光下红得像宝石一样。厨房里面与此同时也传来一声尖叫，艾米下意识地赶紧抱起猫蜷缩在角落。凯洛琳从背包里拿出枪，小心翼翼地走进厨房，安德鲁跟在她后面。老板艾米歪着脑袋往里看，可是厨房里一片漆黑，什么都看不见。突然，一个警察双手举过头慢慢地走出来，凯洛琳的枪死死地顶着他的后腰。

"听着，我昨天只是，追犯人追到这里，没想到门口忽然发生爆炸，于是我就一直藏在里面。"警察说。

"你在撒谎！"凯洛琳大声地呵斥他。

"别杀我，我没撒谎。"警察吓得赶紧指向墙角的一个桌子，安德鲁走过去，竟然发现后面还有一个穿着背心、钉着唇钉的壮汉。他站起来，竟然比安德鲁还要高半个头。

"不要杀我们，我们只是路过这里。"壮汉的声音竟然和凯洛琳的女童声一样可爱。

"你的医生是谁？"艾米十分好奇地问他。

壮汉委屈地坐在椅子上，抱着一个旅行袋，竟然哭了起来。"拜托，不要在这时候哭。"警察翻着白眼说，"一会儿我们就离开，一切都会好起来的。"

"你这个骗子，你一直在看那个大胸的婊子！那个臭婊子！混蛋！"壮汉喊着。

"嘿！蠢货，你最好用词小心一点儿！"一个女人从另一端的桌子下面爬出来，她站起来把粉色的超短裙往下拽了一下。凯洛琳看着她风韵饱满的臀部，冷笑了一下，说："你们这些混蛋，都给我坐好。"说着，她把枪举过头顶开了一枪，所有人都吓得马上蹲在地上。"甜心，不要冲动，你是个乖女孩。"女人尝试着安抚她说。

瞬间一个身影从凯洛琳的身后飞跃而出，把她扑倒在地，一把夺过了手枪。一个戴着眼镜的白衬衫男子举着枪，战战兢兢地说："大家都冷静点儿，我们需要冷静。"说完，他赶快把枪膛里的子弹取出，数了一下，"还剩下三颗。"他说。终于，一场混乱暂时平息了下来。

Jeffery 再次点燃雪茄，吐出一个烟圈，他终于还是坐不住，站起来开始来回踱步。本杰明用文件夹把眼前的烟雾扇散，厌烦地说："拜托，不要抽了，老板。"

"时间快到了吧，天啊。"Jeffery 叹口气说。

"到底你让安德鲁去干什么了？"本杰明问。

Jeffery 握着沙漏说："时间是可以考验的，人的意志却是不能考验的，因为前者根本不存在，而后者却是一切的根本。"

作为巨人之路名义上的董事长，其实他只是和中心政府合作的秘密组织的中间人。虽然名义上巨人之路是伊莎贝拉著名又神秘的精神病院，但其实他们是中心政府清除原始人类计划失败的一个退路。意志的研究和量子缠绕的发现都还处在无法准确测量的阶段，政府的一派隐秘党羽仍保留对伊莎贝拉的保护态度。为此，他们还暗中资助了这个精神病院，做着与中心研究院相反方向的研究，就是保留人类记忆的意识研究。

被爱因斯坦嗤之以鼻的、幽灵般存在的超距现象自从 20 世纪初，就开始引发了关于量子论和意识的探讨。尤其是关于意识的辩证，比较成熟的理论之一就属于生物中心主义了，它与万有引力的体系相辅相成。它主张世界是存在于我们大脑的意识里，如果意识不存在了，那么任何其他以外的存在都没有意义。甚至是我们的意识可以影响很多客观存在的物理状态，根据观测者的观测方法不同，也会造成世界不同的物理状态。

AI 的反动浪潮逼迫一部分科学家们抄了试验的近路，单单清除记忆就可以引发超能和意识作用的呈现，以供研究和利用。然而这样的做法是违反自然科学规律的，也必将受到量子缠绕的反向影响。恐怖的负面影响就首先从这次白昼计划，开始正式向人类宣战。

"你们到底都是什么人？"眼镜男把子弹放到裤子兜里，然后看着剩下六个人还有一只猫，说，"大家把身上的东西都摆在桌子上，还有包里的东西。"他看着壮汉和女人说。

"哥们儿，你是警察吗？"警察冷笑着说。

"现在大家出不去，我想你们都很清楚，狡猾的中心政府为了清除我们什么都做得出来。我们要在这里共同避难，但是首先要确定每个人的身份，我可不想被什么卧底新人类暗杀。"衬衫男严肃地说。

"我觉得他说得非常有道理。"短裙美女把自己背包里的东西都倒在了桌上，一个手电筒，两包脱脂牛奶，一袋全麦面包，一个苹果，还有两大包化妆品。

"你就打算这么避难吗？"凯洛琳说罢拿起混在中间的一张公民 ID，上面写着：凯特，伊莎贝拉三区。

衬衫男没有携带任何行李，直接把兜里的手机、证件还有钱包翻出来，三颗子弹摆在旁边。

艾米脱下西装说："这可是高级定制，虽然很多年了，可一直是我的宝贝。我可不会在里面放乱七八糟的东西，我除了这个酒吧，就剩下这只猫了。"安德鲁的眼睛变成蓝色，进入读入数据的模式。"这家伙是个老 AI，很显然。"艾米说。

凯洛琳把背包里的笔记本、两本自然杂志、一大包压缩饼干丢在桌上。然后所有人都把期待已久的目光投向壮汉和警察，尤其是壮汉一直死死抱住的旅行包。他们彼此对视了一下，警察说："我们真的不是中心政府的卧底，可以给你们看我的证件。"

"打开你的包，或者你们两个现在就出去，外面的天气不错。"衬衫男说。

壮汉看了看外面街上的血泊和好像已经开始发白腐烂的那具尸体，没办法放下了旅行袋。他用双手捂住脸，摇着头说："真不敢相信，你们简直就是野人！"

他一边目中含泪，一边轻柔地拉开旅行袋，成堆的现金和金条摆在所有人眼前。"这可是我们昨天刚从银行抢来的！"

艾米望向街道对面，思考了一会儿，然后转过头说："对面的银行？是你们？"

"没错。兄弟。"警察得意地叉着腰说。

艾米瞬间怒气冲天，把猫丢在了地上，猫咪大叫了一声。他扑到高大的警察面前，紧紧攥着他的领口，说："你们这些混蛋，为什么要在我家门口的银行抢劫？要不是你们，暴乱也不会从这里开始。"

"听着，老兄，该死的昼日计划吓坏了每个人。我们只是想带着钱逃跑而已，抱歉。"警察说。

"你们知道那里藏着什么？还有，你的制服是怎么回事？"女孩问。

"其实我们夫妻也不知道往哪跑，"壮汉回答，他充满爱意地看了看警察说，"假扮成警察更容易逃吧，不过那套衣服太瘦了，我穿不下。"

七个人的ID都摆在桌子上，白猫依旧安静地趴在一边睡着了。

"这简直就是荒唐，你已经七十三岁了！"凯洛琳注意到艾米的ID上的出生日期，说。艾米看起来明明只有三十多岁的模样，穿着时髦，脸上一点儿都没有岁月的痕迹。

"你是卧底！"她朝着艾米老头大叫。短裙女下意识地从牛仔外套里掏出一个电棍，放在艾米的肩上。

"小心，这件西装很贵，我再说一遍。"艾米的表情突然变得很严肃。

"她说得对，你说你是老板，可我们以前来这里约会，从来没见过你。"壮汉看着警察说。

"这实在是太愚蠢了！"艾米抱起猫说。

这时，一个录音机从短裙女人的外套里掉在地上。"你也是AI？"安德鲁捡起录音机看了看，然后打开上面一个小盖子，说，"这是她为什么只带化妆品的原因，这不仅是录音机，还是充电器。"

所有的矛头瞬间又都转向了短裙女人，她马上把电棍放下，举起双手，解释道："没错，但我绝对不是中心政府的AI，我保证。"

"那你为什么要录音？"凯洛琳把正在录音的录音机关掉，

然后问她。

　　"这是一个无线电波感应器，我已经追踪中心政府的白昼计划很久了。从十四中心区到伊莎贝拉区，我发誓，我是为了拯救大家。"短裙女人解释道。

　　这时安德鲁的电话突然响起，所有的人紧张地盯着他。莫名地紧张，他从桌子上拿起电话，是一条短信：老板给你冲好咖啡了吗？是 Jeffery。"这是我的老板发短信给我，我本来是来给他买咖啡的。"安德鲁解释说。

　　显然，大家对安德鲁的这个解释并不买账，毕竟在这种形势下，究竟是什么人才会有闲情逸致要从很远的地方买一杯咖啡？七个人还有一只猫，在五角咖啡的店里陷入僵局。每个人坐在自己认为安全的位置，伺机而动。每个人都成为彼此眼中的怀疑对象，只有艾米不慌不忙哼着歌，走到柜台后亲自调起酒。

　　如果按照旧的计时法，大概已经过去了十个小时，原本外面应该已经天黑了，可是现在却仍是骄阳似火。

　　屋里热气腾腾，桌子上落了一些蚊子的尸体。所有的饮品都已经变成空瓶，水龙头里的自来水也是温热的。安德鲁和短裙女刚从睡梦中醒来，无线电波干扰意识而达成的白昼计划，对 AI 来说当然并没有任何作用。假警察和壮汉被饿得毫无力气，凯洛琳的压缩饼干根本不足以填饱肚子。

聪明的眼镜男一直在强迫自己睡觉，减少体力的消耗，没有人知道这个荒唐的计划要到哪天才能结束。外面的街道仍旧静悄悄，伊莎贝拉区的人们都躲到了哪里去了呢？艾米想。他怀里的猫也一直在睡觉，"它有意识吗？现在对它来说是黑夜还是白天？"安德鲁问。

"所有的生命都是有意识的。事实上，何止是动物。也许植物，甚至是这些桌椅也有意识呢？"艾米老头狡黠地一笑。

三年前，巨人之路地下十七层的牢房的监控室里，十多个"患者"的一举一动都在摄像头的监视下。黑暗的房间里，桌面上亮着一个小台灯，沃克在看一份报告。他从兜里拿出一把钥匙，然后把手伸进桌面的一个镜子里，转动了一下钥匙。镜子里的门开了，他跟着镜子一起，被某种力量推进了房间里。一个穿着白大褂的人正在摆弄着几只可爱的小猫——看上去应该刚出生不久。

2

　　路上闪烁的微笑，簇拥着彼此，行人却冷漠地与彼此擦身而过。有些人的眼神不小心说出了真相，小丑们戴上面具，也成了行人。转动着上半身，摘下面具的行人，试图假扮小丑。于是有人制定了刑法，为了第二天丰盛的早餐，一大群人开始追捧这些规则。就这样，小丑迷路的故事，作为值得被传承的记载，每一个清晨都要被儿童们诵读。那些故事的回音却在四季变换的时候，交织成一个了不起的视听盛宴，它的主体名字就叫作——不存在的小丑。

"345，344，345，不，不对，"沃克把前额一下下地撞在墙面上，嘴里继续默数着，"346，347……"

自从白昼计划席卷伊莎贝拉，本来就已经记忆和意识混乱的沃克情况变得更糟糕，他已经开始不能集中注意力了，为了减缓恶化，Jeffery只能把他安置在最底层的监牢。但是其实，地下十七层是用来关押原本那些已经分裂出超能的人，他们中绝大部分很久以前就被确诊为神经病。本杰明希望他们配合研究，但想要和这些超能人类达成真正的共识，并不容易。简单的二维语言和逻辑思维，并不能建立和他们的真正连接，反而本杰明常常会被他们耍得团团转。

尤其是一个能隐形的男人克里特，总是偷走他的研究报告，或者调换实验标本，甚至是在他和Jeffery对话时，趁Jeffery转过身然后暴打他一顿。本杰明总是因为类似的事情，向各种人赔礼道歉，解释清楚。

有一次本杰明终于被惹怒了，他气得在监牢里大声威胁那些疯子，要把他们赶出巨人之路，让他们出去自生自灭。每次亮出这张底牌，大家就会老实一段时间，毕竟身为异类的他们可不想成为中心政府的猎杀对象，甚至逼他们清除记忆，或拿他们做实验。不管是哪一种可能性，简直都恐怖得无法想象。

监牢里住进了新人，自然瞬间成为焦点。但是不管怎么试探和欺压，这个新人并没有展现出任何与众不同的地方，除了他的精神恍惚，真的像个神经病一样。沃克已经想不起自己为什么多次冒险来帮助巨人之路，或者说帮助 Jeffery 和本杰明完成意识的研究。但是他看见视频里的自己说，无论如何，只能成功，为了所有人。

　　白昼计划第四天，街道上躺着几具尸体，几个暴露在户外的人都被射杀了。壮汉和假警察先后都出现了头晕和幻觉，无法忍受的呕吐感把两个大男人折磨得求生不能，求死不得。凯洛琳拿着最后一块压缩饼干，递向他们，说："吃了吧，吃了感觉会好一点儿。"此时的她也躺在地上，萎靡不振，脸色发青。

　　"你们不是因为饥饿，而是因为无线电波在干扰你们的意识。"短裙女皱着眉，对凯洛琳说。

　　"外面的天又黑了，你看。"

　　"天上有月亮吗，星星还多吗？"凯洛琳的声音虚弱得好像蚊子的声音。

　　艾米的猫跳上窗台，抬头望着天空。

　　第五天清晨，安德鲁醒来，大家的情况突然恶化了很多。艾米老头抱着猫在狭小的冷库里昏睡着，生命体征很弱。假警察和他的女朋友都昏了过去，丧失了意识。而小女孩凯洛琳睁着眼睛，却全无反应，面色铁青，全身都被汗湿透了。只有他和 AI 女还正常地存活，因为他们的黑夜和白天依然共存。

　　短裙女人突然抱起小女孩，仔细地端详了一会儿，然后她愣住了。

"怎么了？"安德鲁问。

"我的天，我怎么会这么大意，我的天。"说着，短裙女的眼泪落在凯洛琳冰凉的脸颊上。

原来小凯洛琳是一个新人类，可是很明显，她自己并不知道。可是到底为什么她会在伊莎贝拉？按照中心政府的规定，新人类的繁殖是需要批准的，并且后代应由政府抚养。

"我可怜的小家伙，怎么会这样？！安德鲁。"她痛苦地哀号着。

安德鲁表情冷漠地看着那个张牙舞爪、蛮横跋扈的凯洛琳躺在她怀里，死气沉沉。他表情冷漠地说："我是你的士兵，你死了我怎么办？"

"这个时候了你还开玩笑，你到底有什么问题？"她斥责说。

"你有伤心哭泣的情绪设定，可是我没有，很抱歉我体会不了你的感觉。"安德鲁说。

这时艾米老头恢复了一些，被哭闹声吵醒，从冷库里爬了出来。他看见小女孩已经生命垂危，十分惊愕。"这才几天，怎么会这样？"

凯洛琳昏厥过去，好像失去了意识，但是瞪着眼睛，面目惊悚。她一直在出汗，汗液不仅渗透了衣服，还流淌在地面上。她时不时地低语着，但是根本听不懂她在说什么。安德鲁把自己的身体调节成冰凉的体温，抱起小女孩凯洛琳，希望能缓解她的痛苦。

"没用的，并不是因为高温，是无线电波。它对新人类的摧毁程度远比我预想的更恐怖，她应该撑不了多久了。"短裙女说。

然而，过了一会儿，凯洛琳的脸色竟然慢慢又变得红润，她竟然睁开眼睛，慢慢地站了起来。"你们是谁？"凯洛琳说，她的女童声不见了，听起来更像是一个青春期的少女。话音未落，又晕了过去，倒在地上。艾米老头呆若木鸡，凯洛琳如同瞬间被附身了一样。

"这个新人类，应该不会变异，然后杀了我们吧？"衬衫男说，他已经清醒很久了，一直在悄悄地观察着一切。没有人知道这种可能性到底有多少，假警察从身后拿出一把匕首，精疲力竭地想要递给安德鲁。他颤抖地把手伸向安德鲁说："赶快杀了她。"原来大家都没有真的睡着，所有人都在暗中观察。艾米老头一把夺过匕首，呵斥他说："你们都疯了，这只是个孩子，不要捣乱了！"

这时凯洛琳又醒了过来，她脱下外套，竟然跳起了古典舞。小小的年纪，舞姿竟然极其专业，精湛漂亮。她完全听不见身边的人在叫她，沉醉于自己的舞步里。整个房间竟然回荡起动感的节奏，凯洛林又跳起爵士舞。

艾米老头一脸迷茫，这音乐究竟是哪里来的。可是安德鲁和短裙女什么都没有听见，他们两个怀疑所有人都已经开始产生幻觉了。凯洛琳嘴里唱着捷克语歌曲，跳得忘乎所以，假警察和壮汉吓得蜷缩在墙角，仿佛小女孩是一个随时会爆炸的炸弹。

不管安德鲁怎么呼唤她的名字，或者尝试用捷克语跟她交流，凯洛琳都像听不见一样。她只顾着自己又唱又跳，衬衫男这时也忍不住坐起来看新人类的走火入魔。他拿出手机，想要保留下这段珍贵的录像，可是凯洛琳又晕厥过去了。

夏日炎炎，窗外是阵阵蝉鸣，它们凄惨的哀叫声让假警察夫妇开始焦躁得抓心挠肝，两个人竟然莫名其妙地吵起架来。衬衫男也躲在角落里，抱着膝盖疯癫地大笑。艾米老头见形势不太好，也顾不上别人，抱着白猫又回到地下冷冻室。

原本安静的咖啡厅骤然之间变成了疯人院一样，安德鲁感觉自己又回到了巨人之路。"你到底是为谁工作的AI？"短裙女问他。

"我为人类工作。"安德鲁说。

"你应该为我们自己。"短裙女回答。

"我没有种族意识的设定，看来你经历了不少。"他拿起手机，发给Jeffery一条信息：实验开始。

"你凭什么说人的意志是残缺的，没有存在的价值！"沃克把报告狠狠地扔在桌子上，发出一声清脆的响声，在房间里回荡了许久。

"这是交错空间，不像平行空间里的音频是稳定的，你能不能小点儿声。"吉尔·哈尔怀里抱着两只小猫，转过身来，说。

"还有，后面一部分，这一系列备选计划是什么意思，你不是认真的吧？"沃克尽量小声地说，但是眼神里依然充满了愤怒。

"不要冲我发火，这可不是我的意思，我只是好心发给你看看。"他说。

"那到底是谁，中心政府吗？"沃克打开文件，翻到后面自己用红笔画着叉的页面，说，"地球意识消除备选计划,AI纪年

2035 年，白昼计划，雅鲁藏布行动，坦桑尼亚扩散，尼亚加拉瀑布刺探，还有好多，这些到底都是什么？"

"我再说一遍，这不是我的提议，我也并没有具体的执行资料。"吉尔·哈尔说。

"你们都疯了！难道消灭人类文明是你们想要的？"沃克问。

哈尔博士把猫崽们陆续放回笼子里，然后坐回椅子上，他背后墙上挂着一幅叔本华的画像。"晚安。"说完，他把手伸进镜子里挥了一下。

还没等沃克回答，挂满学者肖像的办公室开始褪色，瓦解，变成一粒粒粉尘环绕在沃克周身。他睁开眼，又回到了伸手不见五指的监控室。

外面蟋蟀的鸣叫声更大了，街道上的尸体越来越多，除了那几个不知死活的人类以外，还落了很多飞鸟的遗体。地面开始散发着恶臭，深夜安德鲁再次检查一下窗户是否都密封好。凯洛琳又睁开眼睛，距离她上次惊醒已经过了一天了。

"宝贝，你们在做什么？"这次变成了一个成熟女人的声音。

她侧躺在地上，搔首弄姿地对安德鲁说。衬衫男忍不住叹了一口气，用外套盖住头，挡住炙热的光线。

凯洛琳性感的声线忽然破了音，开始不停地咳嗽，胸膛不停地大幅度起伏。她不停地擦着嘴角，然后惊恐地看着自己的手掌，说："怎么会这么多血！"然而，她的下颚、手掌，乃至全身，并没有一滴血。她咳嗽得越来越厉害，声音越来越沙哑，从刚才的神采飞扬到现在这种情况，似乎只是几分钟的过程。这样极度迅速的恶化，意志的衰退，竟然活生生地在他们几个人面前上演。

"我看不见了。"凯洛琳的声音沙哑得像一个老太太一样，她闭上眼睛，又轻声唱起了刚才那首歌。但是歌词越来越模糊，短裙女的眼泪又重重地砸在了地面上，壮汉也紧紧抱着假警察的胸膛，抽泣了起来。

她很用力地一呼一吸，发出十分沉重的声音。房间里再次回荡起音乐，那是 *Comment Te Dire Adieu*？悠扬美丽的法语化成了一阵细雨，从房顶飘落下来。雨水落在安德鲁的嘴唇上，它是冰冷而又温热的。终于，凯洛琳起伏的胸膛平静了下来。

中卷

迟到的时间

　　双脚舒服地插进污秽的青草间，长裙变成透明的遮挡，显得无关紧要。两个女孩的哼唱可以让整片丛林共同摇摆，震颤的主旋律配着一张比萨，美味得令人作呕，却让人无法自拔。魔鬼的承诺比歌声还要动听，于是女孩们被送上绞刑架，人们宣誓不要再回头。尝试过的味道成为刻意的打扰，没听见真挚的道歉就不肯松开时间的尾巴。女人宣誓不要再做女人，男人宣誓不要整个世界。歪着头的歌手掉了麦克风，台下传来中世纪的嘲讽语式。

桌上放着一杯咖啡，杯子上印着紫色的五角星。

"咖啡已经凉了。"安德鲁说。

"你先出去吧。"Jeffery说。他一如既往地等安德鲁离开后，再端起杯子慢慢地品尝着冷掉的咖啡。一口接着一口，他并没有丝毫享受的表情，却停不下来。

他很失望地放下杯子，这时，本杰明·马克思闯进来，问："他说什么？中心政府要胡闹到什么地步？"

"这次真的只是一杯咖啡，什么都没有。"Jeffery回答。

"什么？"本杰明夺过咖啡杯，不敢相信他的话，追问道，"部长不是每次通过咖啡来传递意识吗，三年没出过问题，是不是安德鲁拿错了？"

"不知道是什么问题，但我的心电没有丝毫反应。"他从怀里拿出心电量子仪，这是一种可以通过心跳和血液浓度来接受和分析数据的仪器。

乔治·内森遵循了视频中的指令，他曾经对自己的命令，就是一定要与Jeffery取得联系。哈尔只知道他有读心的能力，而能够在空间内移动意识的能力，却被乔治一直隐瞒着。而且，这恐怕要从他那件忘记洗的术后衬衫说起。

DUP实验室手术台上的乔治西装革履，他拒绝换上手术服。他说这是作为乔治·内森的最后坚持，西装扣子被解开，衬衫上的扣子也被各种检测仪器拽得七扭八歪。他像一个身上连满电线的西装布偶，等待某种号令。

术后的乔治意识很不稳定，每天都在极度的惶恐和迷茫中醒来。他的情绪几度失控，哈尔很疑惑，经历清洗的新人类的确会迷茫，但不应该这般痛苦，准确地说应该是没有任何感情的。

这天，乔治穿着病号服在娱乐区和另外一群穿着病号服的"患者"一起研究量子计算机的新算法。这时，一个保安推着档案车经过，不小心被地毯绊倒。一个盒子掉落在地上，一些旧衣物散落了一地。

乔治立马过去帮忙捡衣服，可当他手指触碰到一件破旧的白衬衫时，他感觉自己的心跳在加速。趁保安转过身的时候，他把衬衫急忙塞进病号服，然后慌慌张张地回到了自己的房间。

那晚乔治穿着这件脏兮兮的衬衫入睡了，梦里他看见了很多似曾相识的地方、面孔还有声音。这是乔治第一次发现，自己的意识可以被空间的具象承载。更重要的是，第二天醒来之后，他没有再感觉痛苦了。

"你这个没用的混蛋，赶快给我起来。"Jeffery抓起躺在床上的沃克，他领口上的一个扣子掉在了地上。

沃克仍旧昏迷，Jeffery的暴力言辞并没有起到任何作用。即便是藏身于地下十七层，伊莎贝拉区已知的最深的巢穴，沃克仍没逃过电波的残害。他的情况不断恶化，从意识涣散，到后来直接昏迷了。本杰明在一边一副垂头丧气的样子，摘下眼镜，塞进了口袋。

"可能是注定这样，接受现实吧，老兄。"他转身说。

"难道没有其他的办法获得哈尔的消息了吗？"Jeffery 自言自语。

玛丽突然的车祸，沃克并没有得到令他信服的解释。这件事情刚好发生在乔治执行 DUP 手术的第二天，然后他就匆忙赶去医院照顾前妻。沃克的直觉告诉自己，母亲的意外，和他脱不了干系。

所有糟糕的事情发生，沃克没有踏出过家门一步。就算是爆炸式的恐怖袭击发生在家门口，他也会淡定地继续刷牙。大门被炸得稀巴烂，沃克穿着睡衣站在门廊，一阵风撩开他睡衣的带子，人鱼线露了出来。门口叫嚷声一片，AI 警察在保护现场。沃克慢悠悠地系上睡衣，然后去地下室搬来一个破旧的木板堵住了门口，转身又回了书房。

这天他在书房醒来的时候，手边放着 Johnan 的一封信，那是一个极其漫长的夜晚。他却花光了所有的力气和时间，不停地重复，一遍又一遍地读着妻子留下的文字。沃克无论如何都没想到，自己不耐烦的一句话——不要打扰他创作——竟然成了他们之间最后一句对话。下次再见到的 Johnan 就是经历 DUP 的另外一个人，他为了妻子的死去而彻夜痛哭。

在一本名叫《生物中心主义》的书里，夹着母亲玛丽大学时和同学们的合照。那时候年轻美丽的玛丽还是一头长发，也有温柔的笑容。沃克看着书柜上玻璃里自己的投影，倒是的确和母亲很相似，有几分很别致的英气。父亲老乔治浓眉大眼，而自己和他形貌上似乎没有特别多的共同点。母亲穿着一身牛仔装，旁边是一个十分俊秀的绅士、一位性感的红发美女以及一个嘴唇很厚的男生。他们的中间正坐着一个有些秃顶的男人，看样子应该是他们的教授。沃克仔细一看，然后立马拿出手机。

没错，这个厚嘴唇的书呆子竟然是 DUP 的发起学者，吉尔·哈尔。和自己一直在唱反调，在学术研讨会上争得你死我活的，原来就是玛丽她自己的大学同学。好奇心让沃克又一夜未眠，在母亲留下的所有书籍资料里畅游了整整一晚。但是，照片里除了母亲和吉尔·哈尔以外，其他人好像并没有什么特别的。

那个叫 Eva 的红发女人和叫特拉希的绅士，后来并没有在学术上有特别了不起的发现。倒是这个吉尔·哈尔，引起了沃克的兴趣。在母亲的邮件中，他发现他们之间有过很多奇怪的会议。比如哈尔博士的邮件上表明华盛顿时间是凌晨三点，而那个时候母亲回邮件说，十分钟后见。可是那个时候是沃克的家长日，学校老师会来家里探访，母亲从来没有缺席过。

中心政府的白昼计划已经从根本上遏制住了暴力与犯罪，扭曲的新人类回归到社会准则下的生活中。然而，哈尔博士与乔治却在会议上吵得不可开交，他坚决反对这个时候终止计划。哈尔博士认为，那些凶恶的电波刚刚给他的实验带来了一些有效数据，为了做更深入的研究，一些伤亡在所难免。

"肖·维尔克的追踪，才刚刚开始。"哈尔博士看着手表说。

一封求救信

　　奢华的外表下，隐藏了卑微的暗语。少年的语句常常被哽噎住，因为妄自尊大与妄自菲薄左右了他的意识。寄语的期望总是夹杂在混乱的字里行间，却不言而喻。现实的旋律不足够优雅，他拿起画笔，混淆了时空。你我都曾经是那个少年，却不自知。饥饿、疲惫、思念，神与灵交替的颂歌，没有改变任何存在的事实。探求，不停地抱怨，反复地纠正，然后他看见了一丝的光明。用神的名义，赋予物质生命，隐约传来物语。悲戚而壮阔，跳跃而不安，至此，喉咙才发出声响。发出声响。

出发前往好望角的一个星期前，特拉文拿出一张信纸，开头的称呼是骄傲的哈尔。早在踏上这段旅程前，特拉文就预见了可能会发生的不幸。好望角的探索，开启了验证理论的漫长之路。他们无意间找到了意识的穿越点，各自见证了时空真实的不稳定性。然而就在四个人共同见证了一切后，特拉文竟然奇迹般地消失在印度洋咆哮般的海浪声中。

在给哈尔的信中，他记载了自己真实的经历，以及最重要的，就是肖·维尔克的意识。特拉文声称自己就是当年发现好望角的西班牙将领，当年随军回去的将领并不是他本人，而是一个叫作肖·维尔克、与他互换了意识的酋长。陷入了意识旋涡的特拉文，被囚禁在不同的时空，无法挣脱出去。他甚至开始怀疑哪个是真实的自己，从第一个叫作肖·维尔克的将死酋长，到现在这个叫作特拉文的教授身份，中间经历了数不清的肉体，甚至是史前文明的一只长毛象。

几经挣扎无果，特拉文渐渐开始失去了纠正错误的信念。他享受过属于别人的亿万美元的财富、名誉、地位、美女、未来科技……的确，他曾经很短暂地享受过这些。也误打误撞遭遇了支离破碎的人生，肖·维尔克给他的魔咒未曾停歇过，每次无法解释的意识闪现，就会再一次重启人生。愤恨、恼怒、彷徨、沮丧甚至是自杀，都不能令他逃离魔咒。他努力留下的任何痕迹，都会随着时空的迁移而变得毫无意义。

这一次，他成为一个物理学家，这简直就是上天给了自己一个机会。见识过不同时空的科技和文化后，此时他也真的成了一个了不起的科学家。特拉文迅速地在学生中选出几个天赋极高的，组建了一个研究意识的小组，这一定是解除魔咒最后的机会。

哈尔、玛丽、Eva围坐在实验台边，反复读着特拉文的"遗书"。这些令人瞠目结舌的经历，若非是亲眼看见了特拉文消失在海平面上，他们是根本无法相信的。所有的证据表明，肖·维尔克的意识信号并不是可以"制造"出来的，它总是在不经意、不合理、不可能的时刻出现。而此刻特拉文已经再次被丢弃进某个未知的空间里，甚至可能是桌上的茶杯，正绝望地等待救援。

在三个人中，哈尔是天赋最高的，顺理成章地成为特拉文寄予厚望的人。在他反复强调了每一次意识经历扭曲和转移的过程，都会伴有一定范围的时空不稳定。然而很快地，三个人在搜寻特拉文、研究意识的路上，产生了非常大的分歧。发现清除记忆可以开发意识与超能的那一刻，玛丽就意识到，这将是一场维护人类文明与快速搜寻特拉文之间的混战。即便玛丽对特拉文的思念要远远超越所有人，但是她不愿意面对那些无法挽回的局面。

政府并没有支持哈尔的提议，而是把DUP的项目雪藏了起来。这的确让玛丽松了一口气，因为凭哈尔的智慧和韧性，这真的有可能成为一场灾难。Eva避开纷争和名利，远走非洲，想回到时空穿越的领地潜心研究，一探究竟。玛丽为了现实生活和试验的资助，选择嫁给了一个官员——乔治·内森。但夜以继日的实验室工作，根本没有实质进展，而实验室以外的现实世界中，AI已经可以在公园里谈情说爱。

玛丽接到消息，得知政府准备开启 DUP。她一直不敢相信，直到有一天政府发布消息，正式宣布项目开启。惊慌失措的玛丽尝试各种办法联络 Eva，都无疾而终。她转而向丈夫求救，希望他的政治背景可以帮助自己，警醒政府这是一个多么愚蠢的决定。而乔治竟然意外地反驳了妻子，他认为这是自己真正站上政治舞台的机会。残酷的清除和洗牌，也许真的是最后战胜 AI 的机会。

哈尔借助政府对 DUP 项目的支持，不断无底线地试探着人类意识的底线，即便是创造出超乎想象的怪物也在所不惜。这是能够混淆时空，逼迫肖·维尔克再次浮出水面的方式，也是在茫茫宇宙里找回特拉文的方式。对他而言，特拉文就是神的降临。

对新人类的探究已经到达瓶颈，可是仍然毫无头绪。哈尔终于把目光投向为数不多正常人类居住的伊莎贝拉。他期待在这种电波残暴的扼杀下，会有惊喜出现。伊莎贝拉大区从最初的暴乱，再次回归了死寂。由于仍然没有任何量子级别的异象，中心政府终于叫停了这次"谋杀行动"。

砖墙的缝隙中传来清晨的鸟叫，沃克在黑暗中渐渐睁开了双眼。"肖·维尔克。"他的嘴唇颤动了一下，说。他突然坐起身，在牢房里踱着步子，完全不记得这里是什么地方。一个推着清洁车的护士，从门口经过，发现沃克已经醒了。她把推车丢在一旁，兴奋地跑向电梯，嘴里喊道："沃克醒了，他醒了！"

"沃克。"他看着护士的背影，满脸疑惑。

牢房里的其他人也陷入了昏迷，除了他自己的呼吸声音，就只有凝固的空气。这里的黑暗让人发指，让他想起石器时代的冬夜，冰冷而绝望。他不知道接下来等待自己的又是怎样的命运，但至少这次他还是年轻的。

那些日子并没有消失，是我们感知的缺陷，顾此失彼。如果有足够回头的渴望，不仅可以留在当下，同样能回到过去。那些神秘力量，就在让你最痛的细胞中。它们决定了你的DNA如何绽放，以及何时绽放。等待风景的人，在海边静静地守候，惊涛骇浪像是要吞噬他。恐惧让他忘了那个平静海面和美丽的日出，就在他的细胞里。

飞禽走兽，倾盆大雨，情绪产生，异时空心跳，特拉文的口袋里空空如也。丢失的身份如同记忆一样，模糊不清。他们行走着，却不明方向，因为在这里时间和空间的定义早已经被写进历史；他们微笑着，却不露牙齿，因为情绪都被存进了银行；他们很和睦，却彼此相隔一英尺，因为不想扰动彼此的能量场。异时的方向牌前，沃克停住了脚步，羊皮鞋上还有森林里的泥土。他摸了一下胸前，竟然挂着一个胸牌，上面写着：特拉文 B3303 — VSSACR。

镜子前这个陌生人，让沃克感觉有几分熟悉。呼吸里带着自己的固执，他冲了一杯咖啡，放在桌上，热气腾腾的液体竟然瞬间平静了下来。沃克脱下外套，扔向沙发的一刻，隐形衣柜突然站立在他面前，衣服和隐形衣柜一起消失在房间里。他有点儿慌乱地退后了几步，不小心碰到工作台的一角，桌上出现虚拟空间模型，看起来和这个房间结构相似。沃克小心翼翼地抬起手臂来回扭动着这个虚拟房间，墙体之间互相交叠的真实感让他有些不安。一张床悬在房间中央，他用手臂撑了一下，跳上床。带有薰衣草香味的气泡把床包裹住，沃克终于安静地睡着了。

巨人之路的地下秘密牢房里，异能者都渐渐苏醒过来，没有谁的眼睛能看见阳光，但是光明洒满了每一个牢房。

"一天清晨，我闻见空气里有紫罗兰的味道，一路追过去，然后走到这里。"一个声音从隔壁穿透过来。

"那是一种什么味道？"沃克问。

"是爱情的滋味。"他说。

护工推着推车路过沃克的房间，然后停在隔壁，把空空如也的房间打扫了一遍。灰尘飞扬在空气里，沃克低语着。

半个小时后，那个惊声尖叫跑开的护士把他带到了一个办公室，他凝视着照片里面的玛丽，以及她旁边的一个男人，眼睛开始有些湿润。他不知所措，幸福地笑了出来。

"这一切对你都很难，但其实他们都未离开。"Jeffery 留着胡楂，面容憔悴，站在门口说。他身后跟着的一个银发老头迫不及待地冲到沃克面前，顾不得说半句话，紧紧地抱住他。沃克收起了刚刚的喜悦，显然被这两个陌生人惊吓到了。

"怎么，孩子，连你父亲都不认识了？"Jeffery 笑着对乔治解释说，"我们做了太多次实验，他每次回来以后的记忆都会很混乱，很快就好了。"

乔治看着沃克，眼睛也跟着湿润了。Jeffery 如同往常一样，给他重新介绍，究竟沃克是如何被一次次更改记忆，如何在平行空间探险，寻找意识的秘密，而非正常意识的失控局面已经不可收拾。

"所以玛丽是你的妻子？"沃克听完，问道。

"是的，你是我们的孩子，难道这都不记得了？"乔治说。

沃克抿嘴笑了一下，继续说道："那玛丽，哦，不，我母亲怎么没来？"

Jeffery 走近他，示意他张嘴，从兜里掏出一个小的电磁设备。"正常啊，怎么这次反应这么大？"他自言自语道。

得知玛丽因为车祸，躺在医院变成"活死人"了。沃克顾不得两个人的拦阻，坚持要乔治带自己去见玛丽。沃克在玛丽的病床前，又哭又笑，把乔治吓坏了。

"不要过于难过，她没有离开我们。"乔治说。

沃克握着玛丽的手说："不，她离开了，她就在美丽的海角。"

那晚，在大家都入睡后，特拉文在月光下咬破了玛丽的食指。伤口很深，但却没流血。直到他在海浪声中，在高耸的悬崖边，像鹰一般飞入空中，然后消失的那一刻，一滴血从玛丽的指尖滴下。这个伤口再也没有愈合过，即便玛丽去医院缝合，或者擦拭各种药物。裂开的伤口神奇般地保持最初的鲜嫩，没有腐烂和疼痛。

水流顺着玛丽的长发，顺着她身体的曲线，一路流向地面。

玛丽关了淋浴，打开手机音乐，放着浪漫的蓝调。她在镜子前，一边拨弄着头发，一边跳起来，少见的性感完全打败了她以往的严肃。忽然，玛丽在美妙的歌词里，似乎听见了特拉文的声音。她以为自己出现了幻觉，赶快关掉了音乐，平静下来。

玛丽对着镜子里的自己，深深呼出一口气，穿好衣服，然后把头发按照往日一样盘起来。食指划过前额的时候，特拉文的声音再次清晰地回荡在浴室里。玛丽定睛看着这个食指的伤口，陷入了沉思。准确地说，她更像是在发呆。

当伤口顺着脸颊上移，玛丽仔细观察着周围的每个细节变化。直到这个伤口竟然完美地和太阳穴吸引在一起，特拉文的声音更加清晰地出现了。这一刻，她终于感到伤口的剧烈疼痛，还有顺着手臂不停留下来的鲜血。特拉文说着陌生的语言，玛丽根本听不懂。在他不断重复的时候，鲜血快速地滴落在地上。不一会儿玛丽就感觉自己失血太多，立即暂停了这段信息的破译。

星期一的医院，貌似没有那么忙碌。可是天还没亮，一个戴着棒球帽的纤细身影，从侧门跑了出来。她一边吃力地拿着一个大旅行袋，一边拼命地跑向停车场。棒球帽被她压得很低，脸完美地躲过了监控的视野。

晚餐时间，玛丽一个人坐在巨大的餐桌前。她面前摆着一杯红酒，红酒的边上，是比红酒还鲜红的血袋。这些血袋盖住了整个桌子。玛丽如同嗜血的恶魔一般，心满意足地笑着。

特拉文之谜

1

　　上瘾，被冠以罪名。重复而单一地继续，这样悲哀的事实。它并不是酒精，情爱，或者谎言，贪婪，欲望，这些物化或者非物化的词语能够企及的真实。相对的定义带来了相对的罪恶，相对的罪恶蕴含着相对的渴求。骑着脚踏车回过头时，看见的不是后面的景色，而是一个没有车轮的自行车，和骑在它上面的男孩。他的车头以相同的方向前进，却回过头看你，正如同你看着他。此刻，不得不承认，思维本身也是可以镜像的。

遥远而无尽的宇宙中心发出一道白光，吸收了所有的暗能量。优雅的灵魂序曲响起，所有的星球都停止了转动，地球也不例外。因为一亿万年一次的盛宴开始，地球好像一个音乐厅，周围的席间坐满了无所不能的灵。他们没有形态，却同时可以有任何形态，只要自己喜欢。

宇宙就是灵们的游乐场，每十亿万年开放一次。但一直以来最受大家欢迎的是，来自地球人类低级五感的纪录片。这里是重刑灵被惩罚的地方，他们要以某种生命的形式存在于地球上，被剥夺了一切的能力，直到受尽了苦难才会被释放。

灵们不需要语言沟通，所以当灵和灵对话的时候，异常安静。但是特拉文兴奋得忍不住喊道，宇宙太有趣了。一旁的好友灵伊莎贝拉示意他保持安静。因为对灵来说，每一次五感的使用都是自身能力的削弱。地球又开始转动，特拉文和梅根两个灵远离大家坐在角落里。

惊险的事故场面，盛大的音乐会和舞会，人类艺术品的重现画面都被等级高的灵取走了。他们的画面却是平原的日出下，一个人类小男孩赶着羊群，嘴里哼着歌。宇宙中暗物质的扭曲，把男孩的声线又拉长了很远。

特拉文不耐烦地马上想切换下一个画面，想到，这叫什么频率，好难听。伊莎贝拉听到特拉文的话，立马帮他在地球上一个叫中国的陆地上抢到了新画面。雨夜里，一男一女相拥，女人的眼角噙满了泪水。

"这两个人类在干什么？"特拉文想着。

"我想她们应该像我们一样互相关爱吧，或者有一个人要离开了？"伊莎贝拉说。

在重叠的几个地球史前文明的画面交错时，他们闻见了油绿色的草坪，看见了世界战争的炮火，听见了金字塔下面的流水声。这些"人类"，或者说罪犯，他们沉沦在五感的毒瘾里。

"真的好羡慕他们。"特拉文感慨。

"他们是一群失去一切的罪犯。"伊莎贝拉挑着眉毛说。

特拉文悄悄断开了和其他灵力的连接，作为一个不起眼的灵力，并没有谁注意到有什么变化。嘉年华结束散场的时候，他们就更加没有发现，地球星门的四维几何楼梯下，藏着特拉文和伊莎贝拉。

"拜托，下次再来又要一亿年，我们每次都被丢到角落，什么也感受不到。"特拉文苦苦地哀求地球监狱的守门灵。

"这样我会被降级的。"守门灵不小心打了个嗝，呼出一股酒精味道，尴尬地又说，"好吧，下不为例，只给你们十秒钟。"

"太短了，二十秒怎么样？"特拉文讨价还价。

"这么久，我们会不会有危险？"伊莎贝拉问守门灵。

"有道理，九秒，赶快，我还要上厕所呢。"守门灵一边急促地打开门，一边继续嘱咐说，"不用我说，五感的体验过多会有什么后果，你们比我更清楚。万一灵力消散，谁也不能救你们回来。"守门灵一边卷着恶灵贿赂他的卷纸，一边推开了门。

旋转的涡轮气流，强大的吸引力，远处的中心传来奇怪的频率。伊莎贝拉吓得躲在特拉文身后，战战兢兢地说："我们还是回去吧。"

特拉文也被星门里强烈的电磁场和噪音吓坏了，他沉默了几秒，逞强地走到了门的另外一边。

"准备好了吗？"守门灵不耐烦地问。

"就九秒。"伊莎贝拉自言自语道。

守门灵向后撤一步，嘴里开始倒数："三，"突然他直接把他们推进了电子旋涡中，同时继续数，"二，"他忽然想起来什么，对着光速扎进旋涡里的两个灵大喊，"重刑区606－地球规范准则，还没给你们。"

"什么？"特拉文从来没有这么大声地喊过，但还是被电磁场里的噪音淹没了。伊莎贝拉只能眼看着门另一边的黑暗被前所未有的明亮吞噬掉，守门灵关上了大门，嘴里又开始倒数，"九……"他一边不耐烦地数着九个数字，一边十分渴望地看向厕所的方向。

特拉文感受到扭曲的温度，把自己从电场里脱离出来，变成一个个跳跃的粒子。伊莎贝拉想要用灵力拢住他，却没想自己也渐渐失去了和外界的连通力。就好像士兵丢了自己最心爱的武器一样，特拉文和伊莎贝拉都体会到了从未有过的恐惧，难道这是死亡？伊莎贝拉忍不住大喊。就在声音被淹没的同时，伊莎贝拉感觉自己的力量在消散，一点点地化为错综的粒子。他们用仅剩下的力气，把自己聚拢在一起，然后去对抗和扭曲前面不远处的某种结构。他们好像是十二面体，一会儿又变成二十面体，变幻莫测的几何模型拥有强大的吸引力。特拉文和伊莎贝拉终于放弃挣扎，任自己消散在这个封闭的魔镇里。他们的粒子开始减速到光速，在这个叫地球的魔镇里乱窜，如同没头的苍蝇。

特拉文感觉自己一会儿拥有整个魔镇，一会儿又好像被挤压在一个角落里，如同不存在一般。而伊莎贝拉却能如风一般自由地飞翔在环环相套的几何结构里。她随着旋转的魔镇也跳起舞，特拉文也跟她一起交错舞动起来。这些闪着强烈光芒的粒子，在旋转的同时，渐渐地暗淡下来。

"成为人类真的很可怕吗？"伊莎贝拉在他耳边低语。

"我们只要服下九秒的感官毒药，然后一起回家。"特拉文坚定地说。

旋转的几何体不再紧凑在一起，而是慢慢地分离开，越来越远，一直到消失。特拉文的粒子如同被红酒浸泡过，渐渐呈现出血红色。而伊莎贝拉的粒子则伴随着剧烈的震动，变成浪漫的紫色。当跳动的蓝紫色中掺杂着酒红色时，酒红色的粒子如同泼在外面的水，瞬间逃离了紫色的包裹。他们分离后，各自开始凝聚得更加紧实。

他看见初升的夕阳，她闻见青草的芳香；他被阳光刺得睁不开眼，她被旁边沉睡的狮子深深吸引；他赤身裸体地躺下来，端详着蓝天里面的白云，她忍不住伸出手，轻柔地安抚着打着鼾声的野兽。一切宁静得如同一张照片，并没有嘉年华里人群拥挤的喧嚣，市井里的吵闹声，徘徊在思维里不停诅咒他人的诋毁，也没有战争过后的电闪雷鸣和哀号声，同样听不见牧羊男童的歌声、纯真的笑声。只有轻轻的微风吹过耳边时，伊莎贝拉才听见清风的问候。红色的长发在微风里摆动着，露出她纤细的锁骨，特拉文用手指慢慢划过自己的皮肤，感受着细腻的定义。

"你看起来很美。"特拉文说。

伊莎贝拉莫名其妙地感觉脸颊发热，她紧张地转过身，倚在狮子身旁。

"你看，这就是害羞的感觉，快告诉我，是什么样子？"特拉文好奇地追问道。

伊莎贝拉示意他安静下来，然后把狮子的前肘搭在自己肩上，蜷缩在它怀里，不一会儿便也睡着了。奇妙的画面，难以名状的感受，特拉文倒在草丛里。他用尽全力地伸展四肢，感觉自己就要深深地融化在这辽阔的平原上。

"这怎么能叫惩罚呢？"他自言自语道。

我很恐惧晴天，因为那时候一定没有暴雨，就不能脱了鞋子在空旷的大街上撒欢儿地奔跑，而只有那时候，世界才是属于我一个人的。世人都恐惧疾风骤雨，电闪雷鸣，于是他们并不孤独。因为在最危险的时刻，他们的意识紧密交错在一起。而我的意识，它孤孤单单在太阳的曝晒下，发出了刺耳的振动。

有开始的故事，往往开始也是结局，因为故事是一个伪定义。从口袋里，拿出一块糖，剥开糖纸，把糖放进嘴里。少年以为自已经历了一个甜蜜的回忆，殊不知，那块糖不曾存在过，虚假得和他自己一样。

古埃及金字塔里镶嵌在墙壁上的宝石，流光溢彩。行进的军队身后跟着漫天的沙尘，特拉文站在石坛上，遥望着远方。来自中刑区星球的战士们指挥着人类，一遍遍诵读着高阶规则。特拉文突然注意到，这些中刑区星球的生物身体的蓝色，是会渐渐变色的。就如同他看见伊莎贝拉在扭曲时空里，在浅红和酒红色之间的徘徊一样，犹豫不决。这时，伊莎贝拉从排列整齐的两列阵队之间优雅地走过来，她穿着一袭黛青色的汉服，显出潇洒飘逸的风韵，上面有逼真、细腻、栩栩如生的彼岸花纹。

一阵风沙吹过，淡淡的花香让特拉文不小心打了个喷嚏。他感觉到鼻子异常不适，面前声势浩大的军队在视野中扭曲，天空上方出现一个裂缝，伴随着地动山摇。特拉文感受到脚下石坛的猛烈震动，他跳下神坛，跑到伊莎贝拉面前，拉起她往回跑。就在他们都跌跌撞撞地爬上石坛的时候，世界骤然安静了。祭祀的乐器再次被吹响，士兵们嗓子里继续发出让人毛骨悚然的低音。

"你去哪了？"特拉文刚要继续追问，伊莎贝拉却捂住了他的嘴，说："一个叫作大唐的地方。"说完，她满脸笑意地示意特拉文安静下来。

这些被困的负罪之灵们已经戴上了肉体的枷锁，他们看不见这两个透明的游客。而任何一种五感的刺激都可能破坏他们所在世界的平衡，从闯入地球牢狱以后，特拉文和伊莎贝拉已经不幸跨越了一百多个文明了。

就好似一阵花香，可以让他的世界地动山摇；一口美味的肉汤，可以在一眨眼后置身于荒瘠的沙漠；骑马跌倒摔痛了，立马胯下取而代之的就变成了剑龙；吉他的尼龙弦被拨动的同时，他们突然坐在一个金碧辉煌的房间里，莫扎特正处在创作的心流状态中，全然不顾外面追债的砸门声。

从前有一个哑巴，镇上没人听见过他说话。可每当深夜，哑巴靠在窗边不小心流下眼泪的时候，整个镇子的人都会忧郁得难以入睡。没人知道是一个从来不发声的哑巴，夺走了他们安详的睡眠。

贪婪停留在一秒钟，哪怕只有短短的普朗克时间，也是莫大的恩赐。能够紧紧抓住那一刻的感知，就好像紧紧握住了猛兽的前爪，胸膛里挤满了恐慌，同时还有兴奋。伊莎贝拉疑惑地看着浩瀚的星空，心里问："究竟怎么回星门，我们不会困在这里了吧？"

"放心，我其实在梦里看见了星门，时间到了，我就带你回去。"特拉文站到她身后说。

深夜安静的斗兽场石阶上，特拉文和伊莎贝拉相拥入睡，这里没有明亮温暖的篝火，只有冰冷的月光。"我也梦见了星门。"伊莎贝拉微笑着说。这一晚的梦里，特拉文和伊莎贝拉共同待着的四维时空气泡里，回响着轻快的节奏，它们和两个人的心跳共振着。蓝紫色的气泡在宇宙里飘浮着，漫无目的。

2

　　泳池泛着蓝色的波纹，跳台上的两条腿紧张地蜷缩着。身后是众人的哭笑声、模糊的音乐声，还夹杂着酒杯破碎的声音。头顶飘来的礼花和飘带，色彩斑斓，就像昨晚梦里对自己许诺的生活一样。右脚的大脚指头探出头，红色的指甲油在人群中被踩花。好像故事还没讲完，就要强迫自己停止。停止游戏，一个了不起的游戏。水底传来神秘的呼唤，我该正面跌落下去，还是背面？

　　我想要在下坠的过程中，最后看一下深邃的天空。可是还没等我的大脑发出指令，身体就已经被意识直接推了下去。我没看见星空，也没来得及大笑，预想的坠落过程完全没有发生。取而代之的是肌肉痉挛与大脑空白。一个笨拙的躯体砸入水中的巨响声音，它暂停了这个喧闹的派对，不论是天上的还是地上的。

　　在食指即将触碰到揭秘世界的泳池底时，仅几毫米之差，身体内出现一种强烈的脉冲，大脑判定它为恐惧和怀疑的力量。它把我从真实里抽离出来，推向嘈杂的水面。狰狞的面孔从水面露出的时候，被暂停住的游戏又继续了。显然，他们不喜欢这个新游戏。

特拉文捏住鼻子，看着伊莎贝拉大口吃榴梿，忍不住把五官拧在一起。

"为什么会有这么难闻的味道？"他咬牙切齿地说。伊莎贝拉一如既往微笑着不出声音，因为这种无趣味的五感体验只不过是白白消耗灵力。

"你要不要尝尝？"伊莎贝拉用灵音和特拉文说，但是他丝毫反应没有，好像根本没听见一样。

伊莎贝拉放下手里的榴梿，盯着他，又用灵音问："你听见了吗？"

"你怎么了？"特拉文见伊莎贝拉面色诡异，问她。

"你是不是失去灵音了？"伊莎贝拉终于没办法，开口问他。这是她来到地球监狱为数不多的体验"发声"的惩罚。特拉文面露难色，低下头不敢直视伊莎贝拉。

"你被声音禁锢了？"她生气地追问。

榴梿皮跟着桌子一起震动起来，伊莎贝拉用力攥住他的胳膊。隔壁桌杯里的水也开始震动起来，一个德国上将果断地按住水杯，说："二战还没有结束，地震就要来？这太可笑了。"

"日本人在太平洋上没有捞到便宜，美国人的表演很漂亮。"将军对面的一个眼镜男说。

上将没有理会他，一直凝视着这个杯子。用余光打量着周围的一切，他注意到隔壁桌的这对身着军服的男女。

特拉文轻轻地握住伊莎贝拉攥紧的拳头说："伟大的日耳曼

就要胜利了，坚持一下。"

伊莎贝拉呼吸慢了下来，放开他的胳膊，狡黠地一笑，说："我喜欢这里。"桌面缓缓安静下来，每个人杯里的液体也都不再摇晃。

"那我们常来。"特拉文说。

"这跟我们没有关系，这对我们的最终计划没有半点儿影响，争取到时间就好。"上将一边说，一边收回刚刚迈出的小腿。

将军一行人离开后，伊莎贝拉留下一张字条放在桌上，然后拉着特拉文瞬间消失在了慕尼黑的这家神秘餐厅里。字条上，用中文写着三个字：霸王餐。

奥辛集中营里又迎来了一批新的劳工，这些无法证明自己是"高等血统"的人们被无情地剥去衣服，消毒粉和冰水混合物侵入每一个细胞，不免伴着凄厉的呻吟。在德国军官来之前，孩童劳工在烈日下一排排地站好，等待着命令。骄阳似火，让人睁不开眼睛，最后一排的角落多出一个小男孩。

"我们来这里干吗？"特拉文低声对自己说。

突然一个小女孩出现在他身边，伊莎贝拉叹了口气说："你已经被声音禁锢了，我们再也不能隐藏在一个躯体内进行沟通了，这都怪你。"

伊莎贝拉好奇地四处张望，她远远地看见第一排一个小男孩的笑脸，赶紧脱下工作服盖在特拉文的脑袋上，说："你这个蠢货，没看见有人跟你长得一样吗？"

伊莎贝拉用手指轻点了一下他的头，这时一个肥胖的将军走到大家面前，他注意到最后一排盖着衣服的小孩，大声吼道："什么样的蠢货会把衣服盖在头上，因为太丑吗？现在就摘下来。"

伊莎贝拉慌张地拉下他头上的衣服迅速穿好，揭开工服的瞬间，特拉文的脸变成了一个胖嘟嘟的小男孩，眼睛似乎被挤得睁不开，看起来倒是很像将军的儿子。在这群瘦骨嶙峋的童工里，特拉文的样貌极其不协调。

伊莎贝拉不禁笑出了声音，却惹怒了将军，她直接被关进了操场中间的木笼里。木头被烈日烤得发出嘎吱嘎吱的撕裂声，伊莎贝拉的肚子也开始叫了。

用餐的时间到了，每个孩子手里都拿着一小块面包，仅此而已。特拉文遥望着无计可施的伊莎贝拉，露出得意的笑容。这时一个犹太小男孩蹲在角落里簌簌地落下眼泪，特拉文走过去，蹲在他面前。

他擦拭了男孩的眼泪，然后用舌头轻轻舔了舔，说："和香肠的味道有点儿像，这是什么？"

"哭是因为很想念妈妈，她也在这个集中营。"男孩说。

"哭？我以前见过，但是从来没有摸过。"特拉文说。

"你没有哭过？那你是个幸福的混蛋？"男孩擦干眼泪说。

深夜的时候，特拉文辗转反侧无法入睡，他来到操场的角落，躲在木堆后面偷看着伊莎贝拉。

"伊莎贝拉，你能听见我吗？这里不好玩，我们走吧。"特拉文捏着鼻子小声向着几十米远的囚笼说。

伊莎贝拉背对着他，竖起中指，继续闭目养神。

"她是你姐姐吗？"那个犹太男孩悄悄地爬到他身后问。

特拉文想了一会儿，说："是的，我姐姐。"

"可是你们长得一点儿不像，"男孩拍着他肩膀说，"你一定很难过，不能拯救和保护自己的亲人。"

"难过？"特拉文自言自语。这是他第一次听说这个词语，也让他明白人会流眼泪的原因。这大概是万千惩罚中的一种，就好像和美味的食物一样，应该会让人失去灵力，他心里想。

每到午餐的时候，犹太男孩就会偷偷地溜进成人营地，寻找自己的母亲。特拉文吃着男孩给他的面包，等他回来，巴望他不出什么意外，毕竟这是他第一次感受到的友情。

在某一天太阳刚刚要下山的时候，几个军官把所有的儿童带到山脚下的一个土坑旁，凶狠地把他们推了下去。特拉文也跟着犹太男孩一起滚进了那个恐怖的鸿沟里。孩子们的惨叫声士兵们充耳不闻，甚至发出嬉笑声。泥土被撒在他们的身上还有稚嫩的脸庞上，"惩罚就这样结束了吗？"特拉文想。

然而那个犹太男孩不顾特拉文的阻拦，在沟壑和人群中跌跌撞撞地往士兵的方向跑去，他们是如此居高临下，这是特拉文少有的一次恐慌。这时，伊莎贝拉突然出现在他身后，"我们走吧。"

特拉文看见伊莎贝拉脸上也流着泪滴，他又舔了一下，说："和那个男孩的味道一样。"

伊莎贝拉拽着特拉文，身体突然开始颤动，从头到脚，两个人渐渐隐形，消失在叫嚷的孩子中间。

在这个时空弥留的最后一刻，特拉文看见那个男孩终于爬到了士兵脚下，他平静地说："求求你把我埋得浅一点儿，这样妈妈就能找到我了。"

特拉文的第一滴泪水滴进了这个罪恶的深坑里，可惜他无法触碰和品尝它的滋味是否和别人的一样。

"你为什么也会哭了？"特拉文问伊莎贝拉。

伊莎贝拉还是一贯地不愿意发出声音，只是泪流不止。从始至终，她一直可以听见所有人的话，得知了犹太男孩那么思念自己母亲后，她遥视帮他找到了母亲。然而她看见的只是一具将要腐烂的、吊在绞刑架上的尸体，她不愿意接受这种惩罚，但还是流下了眼泪。

3

　　咀嚼着一块巧克力面包的时候，以为自己也占有了巧克力。惩罚还是赐福，我们时常把它们混淆。留恋难忘的滋味，好像灼烧着的皮肤，有的人感觉到疼痛，有的人看起来觉得红润美丽。想逃跑的时候，找个借口说自己还年轻，殊不知感知已经被时间裹挟住。大街上千千万万的漂亮男孩，都惹人喜爱，却没人愿意承认喜欢他们，是源于对自己的欣赏。因为有了某些思维和定义，才能让这些显得有意义，然后，便无须恐惧死亡。

面对伊莎贝拉的质问，特拉文只好承认了他已经失去隐身的灵力，自己已经渐渐陷入地球监狱的时刻封锁。

伊莎贝拉一边用指责的眼光盯着惭愧的特拉文，一边大口吃着榴梿说："沉迷于虚假的感知，就是这种后果，为什么你会这么愚蠢？"

特拉文把桌上的另一盘榴梿也推到她面前，然后小心翼翼地说："好吃吗？"

这里的榴梿，或者说，当下这块榴梿要比慕尼黑餐厅里的好吃上千倍，即便特拉文捏着鼻子一脸嫌弃地看着她，伊莎贝拉还是忍不住吃完。

无论在哪个空间的夜里，无论星星有多么闪烁，特拉文总在梦里听见犹太男孩呼唤他的声音。

"请把我埋得浅一点儿。"这句话总是在特拉文的梦里出现。这声音有时让他感到思念，有时让他恐慌，有时让他在睡梦中流出眼泪。伊莎贝拉舔了下他的泪珠，心里想："原来真的是这个味道。"

她抓住特拉文的手，直接来到了公元 1490 年，一个漆黑的山洞里。

"我们又来这个鸟不拉屎的荒原文明干吗？"特拉文打着哈欠抱怨说。

"为什么放不下那个犹太男孩、那个被惩罚的灵，你感知到了什么吗？解释清楚，不要让我多说废话，我可没你那么蠢。"

伊莎贝拉以很小的声音、很快的语速问他。

这个问题有些突兀，特拉文显然自己也没有想过，甚至发现它。这次他是一个英俊的金发男人，而伊莎贝拉自然是一个漂亮的棕发少女。他蹲坐在一块大石头上，说："那个灵，虽然他不认识我，但我总觉得他和我们很熟悉，我也说不清楚。如果我们有管理员的那本监狱手册，就不会有这么多问题了。"

伊莎贝拉一如既往地对他竖起中指，然后盘坐在他对面。不一会儿外面下起了倾盆大雨，洞口处传来脚步声。

"怎么办？我们还没有穿衣服！这是什么年代，你快遥视一下！"

"刚刚跨了一个时空，我现在力量不稳定。"伊莎贝拉闭上眼，紧皱着眉头，好像忽然看见了什么。在惊慌之下，两个人变成了蓝色天狼星人的模样，两个人凸出的晶状大眼球，足足有一寸宽。他们诡异地盯着彼此，都不禁放声大笑起来，发出奇怪的笑声。此时，一个画板掉在地面上。洞口的转角站着一个被雨水淋透了的画家，他呆滞地看着两个外星人，完全惊愕得说不出话。

"怎么回事？"特拉文尴尬地问她。

"我明明看见飞船里坐着很多这样的蓝色怪物。"伊莎贝拉盯着眼前这个画家，不敢相信发生的一切。

"我的天！"画家尖叫后，转身就要跑。

伊莎贝拉立即凝结住了画面，一切都静止了，就连空气里飘浮着的尘土和正在燃烧的火焰也一动不动。

特拉文走到他面前，端详了一下这个留着长胡子的男人，还闻了他衣服上发出的臭味："这个家伙闻起来好像来自石器时代的，但是看服装设计不太像。"

伊莎贝拉断几根画家的发丝，攥在手心里，然后想了一会儿说："达尔芬奇。我们现在在1490年，真是糟糕，他已经看见我们了。"说完，伊莎贝拉巨大饱满的蓝色额头上渗透出绿色的汗珠，头发丝从她的手里滑落到地上，倒在地上昏了过去。

每次扭曲了时刻规则，灵力就会大大折损，这是特拉文在曲洞里听见管理员说的唯一清楚的一句话。他把伊莎贝拉放在火堆旁休息，擦干她的绿色汗水。

"你们到底是谁？"达尔芬奇问。

"我们，"他转过身，突然举起双手说，"万圣节快乐！"

可是，山洞里回响的是一些奇怪的声音，特拉文听见自己身体内的回音与山洞里的回音完全不一样，甚至他自己也听不懂。

"我听不懂，你是怪兽，还是外星人？"达尔芬奇小心翼翼地问。

特拉文看着自己歪七扭八的三根手指，大吼道："上天是谁？上天快来救救我。"声音刚落地，地面的沙石飞扬起来，如同龙卷风一样呼啸着整个山洞，达尔芬奇被裹挟进暴风里，大喊着："救命，你这个妖怪！"

特拉文慌乱地用三根手指勉强捂住自己厚厚的嘴唇，恐怖的回声才渐渐消失，暴风停下来，可怜的画家就像洗衣机里被甩干的衣物一样，无力地瘫在地上。为了安抚惊吓过度的画家并证明自己不是什么妖魔鬼怪，他拉着画家跑到洞口，想要证明自己也来自这个世界，是一种普通的正在接受惩罚的生物。

由于不敢发出声音再引发诡异的现象，特拉文像个疯子一样站在倾盆大雨里，手舞足蹈地想要向画家说什么，然而明显这些都是徒劳，只不过让画家更加不解和惊恐。并且更惊悚的画面呈现在面前：这个蓝色的妖兽在大雨里竟然开始融化，一只手臂和胸膛粘连在一起。特拉文赶快跑回了洞里，两个人尴尬地对视，这是特拉文第一次感觉到绝望的滋味，其中还掺杂着想念犹太朋友的那种难过和痛苦。

大雨一直连续下了三天，伊莎贝拉一直昏迷不醒，特拉文瘫坐在地上，没有动过。两个人都没有闭过眼，画家猜想这种怪兽没有眼皮。在大雨的中途，画家试图逃跑，但是走了没多久，又浑身被淋湿了跑回来。

但这次并不是因为躲雨，而是眼神里多了几分激情和坚定。

外面大雨淅淅沥沥的声音，伴着达尔芬奇画笔在纸上的沙沙声响，好像一场美丽的交响曲。

他试探性地走近特拉文，甚至伸手去触碰他的身体。那是一种从未体验过的触感和温度，温柔的冰冷，犹如零下十三摄氏度的紫色。他饿着肚子就这样慢慢地填满了画板，各种角度的特拉文被画家尝试着描绘下来，散落了一地。终于，画板上的特拉文被呈现得惟妙惟肖，画家满意地笑了出来。

"画一幅多少钱？"伊莎贝拉突然出现在身后说。

画家被吓得扔掉了手里的画板，躲到旁边石头的后面。伊莎贝拉捡起画板，仔细地端详着细节，一边不断地点头称赞，一边说："原来这是你们保留能量和信息的方式，还以为你们被剥夺了一切，还不错。"

"你怎么能说我们的语言？你的朋友却不会？"画家战战兢兢地问。

"我？"伊莎贝拉看了一眼瘫坐在一边狼狈的特拉文，笑着说，"他是个不会保护自己的蠢货，我们不一样。"

比起之前那个只会手舞足蹈和声嘶力竭的蠢货，这个总是笑意盈盈的温柔怪兽，显然让画家更加喜欢和放松。

加拿利群岛

1

欢快的号角、诚实的西语、美丽的旋律，我们以为这就是未知力量，在每一个人的DNA里。混沌却华美地存在，即便是惩罚，也容易让人忘记自己从何时何地出发。如同没有离开过，也永远不会再离开，当下即是永恒。这样美妙的感知，你能读懂吗？如果可以，恭喜你，这是再幸运不过的事情了。

达尔芬奇的画工让伊莎贝拉瞠目结舌，她不禁感叹这个牢狱里还有如此强大的能量存在。伊莎贝拉决定让他作为一个记录者，用画笔来保留她和特拉文这次奇妙冒险的经历。而为了不影响地球牢狱的力量平衡，当然更为了再找到星门之前，保住自己的灵力，伊莎贝拉没有对画家吐露实情——关于灵力，以及地球牢笼的事实。

她告诉达尔芬奇，他们是来自于一个叫作天狼星的物种，就是她之前错误遥视过的天狼星。但她没有说的是，真相是惩罚灵力的监狱按照程度分为五种，地球是最重的刑区，天狼星排在地球之后，属于中刑区。而画家，自己只是一个罪犯而已。

伊莎贝拉把自己和特拉文又变化成人类的模样，正式任命达尔芬奇为他们的监狱导游。为了不篡改历史，她把画家也变成了另外一个人的模样。

"达尔芬奇要消失一段时间了。"伊莎贝拉微笑着说，这次她是一个棕发的少女。

画家看着镜子里自己干净整洁的下巴和年轻的脸庞，天真地说："受人敬仰的胡子没有了，我相信都值得。"

而站在一旁的特拉文，骄傲地捋着自己的胡子，得意地说："孩子们，我们上路吧。"

充满好奇心的画家一直不停追问关于天狼星的一切，伊莎贝拉有时会胡编乱造一通，有时解释不下去了只好被迫再次遥视天狼星，描述了很多那个中刑区从科技到文明发展的细节。

夜晚的荒原异常寒冷，三个人围在篝火旁，达尔芬奇已经熟睡，但怀里还紧紧地抱着自己一路创作的作品。

"这个蠢货的作品流传出去，我们不就打破平衡了吗？"特拉文疑惑地问伊莎贝拉。

伊莎贝拉微笑着，再次竖起中指。离开这里的时候所有信息都要带走，你这个蠢货。伊莎贝拉心里想。

第二天清晨，"父子"三人在大西洋上的一艘小船上漂荡着。万里晴空下，平静的海面上偶尔飞过几只海鸥。达尔芬奇专注地作画，伊莎贝拉在和煦的阳光下睡着了，而特拉文却趴在船舷旁呕吐不停。

"为什么人会有这么痛苦的体验？这究竟是为什么？"特拉文抱怨说。

"你晕船了，父亲。"达尔芬奇笑着说。

听完父亲两个字，刚坐直的特拉文又趴下继续吐。

一只海鸥从特拉文的头顶俯滑而过，美丽的羽毛乘着微风颤抖着，灰白相间，似乎还发着光。达尔芬奇看见了羽翼下旋涡般的气流，犹如特拉文呕吐物落入水中后产生的旋转的水流一样。他打开画板，记录下"父亲"呕吐神态的每一个细节，画幅的背景是旋转着的地狱与天堂。

"为什么你的文字都是倒着写的？"伊莎贝拉看着上面的日期和签名说。

"因为这是秘密，不能够让更多人看见。"他说。

"是因为画得太丑？"伊莎贝拉不解地问。

"雷奥多·达尔芬奇，可是意大利画工最好、最智慧的人，"达尔芬奇回头特别严肃地说，然后叹了口气继续低头作画，"就是因为这些画作的特别，我恐怕要被那些可笑的宗教徒们钉在十字架上活活烧死。"

听着达尔芬奇用华丽的旋律歌唱着神的伟岸。教堂的庄严，被曲解的教条，人们痛苦的呻吟，伊莎贝拉第二次留下一滴眼泪。灵力的真相在她的胸膛里呼之欲出，这是她第一次感受到怜悯。

"你就是神。"伊莎贝拉打断了他的歌声，也打断了特拉文的呕吐声。

"你说得对，自然才是世界的本质，我们也是自然的一部分，应该勇敢地尊重自己！"达尔芬奇醍醐灌顶般地感叹着，声音在一望无际的海面上回荡着。

"啊？"伊莎贝拉皱着眉头说。

当她想要继续解释的时候，特拉文突然跌入海里，两个人都被惊呆了。惊慌失措中，达尔芬奇跃跃欲试想要跳下海救他，但是被海底传来的死亡呼唤吓得畏首畏尾。很快水面安静了下来，特拉文消失在广阔的海域里。

"你们不是很怕水吗？快救救他，你怎么不动？"他指责着伊莎贝拉。

"这家伙怎么回事？"说完，伊莎贝拉缓缓地抬起右手。只见小舟四面的海水褪去了墨绿色，透明得可以看见几万英尺之下的海底。特拉文的臂膀如同海鸥的翅膀，在水里上下扇动，他周身产生的水流漩涡把他的身体慢慢抬起。整个过程缓慢而优美，似乎在跳一支神秘的独舞。

"你瞧，这个世界不是你看到的那样。"伊莎贝拉语重心长地说。

"的确如此，空气和水有这么多的相似之处。"达尔芬奇仔细想了一会儿，激动地感叹，"如果人可以游泳，那么我们也是可以飞翔的！一定是这样！"

"啊？"伊莎贝拉的眉头又皱在一起，不禁再次疑问。

"原来在水里游荡这么有趣，我感觉自己要融化在这海里了。触感太有乐趣了，伊莎贝拉，快来。"特拉文从水面蹿出来大叫。

还没等伊莎贝拉反应，特拉文便拉住她的裙角，把她一起拖进水里。掉入水面的一刻，伊莎贝拉没有放弃挣扎，而是把达尔芬奇一起拽入水中。就这样，可怜的达尔芬奇被拖入水中的一刻，画笔被抛向半空中，在阳光的洗礼下，金光闪闪。

伊莎贝拉紧紧拽住达尔芬奇，他原本惊恐万分的情绪竟然平静下来，不知是因为海水柔和的温凉，还是伊莎贝拉神奇的力量。他甚至可以在海底大口地呼吸，抛开窒息恐惧的他，跟着两个神奇的家伙自由地在深海里翱翔。在他们旋滑过的轨迹上，都会产生美妙的海浪旋律，吸引来成群的毛口鱼、垂钓鱼等。

就在那一天，他们遇见了亚特兰蒂斯。

加那利群岛的第一批糖从工厂出货时，特拉文作为厂长，十分骄傲地站在众人面前说："卡斯提尔人，经历了这些年的辛苦付出，**我们**的生活会如同这些糖一样甜蜜。"台下的群众热烈地欢呼着，人群中的伊莎贝拉却冷着脸。她把嘴里的鲜红色的糖果吐在手心里，说："这玩意儿真是见了鬼！"说完便转身消失在人群中。特拉文似乎没有留意到伊莎贝拉离去的背影，仍沉浸在自己激情的演讲中。

　　夜深人静的时候，特拉文趁着妻子熟睡，偷偷地跑到小木屋后面。此时伊莎贝拉变成一个俊俏的男子，上前攥紧特拉文的衣领说："你究竟还要让我等多久？"

　　"你不要逼我，再给我一点儿时间。"特拉文不耐烦地说。

　　"她就那么让你留恋吗？"伊莎贝拉气愤地说道。

　　"我的确爱上她了。"特拉文坚定地说。

　　"我知道，这些我都能感觉到。可是我们真的没有时间了。"伊莎贝拉撒娇说。

　　"她怀孕了。"特拉文笑着说。

　　"什么？混蛋！"伊莎贝拉盛怒之下给了他一拳，已经有些年老体衰的特拉文没有站稳，倒在地上。

　　"在这个监狱，这种惩罚，"特拉文站起身掸掸尘土，然后捋了一下来自中世纪的长胡子说，"这叫老来得子。这种感觉说了你也不懂。"

　　"你疯了！我们不是真正的人类！这个孩子会带来灾难，你怎么变得这么自私！"伊莎贝拉吼道。

"我们谁都不知道这里的能量变化规则，不是吗？你怎么就能确定！好了，我要回去睡觉了，再见！"特拉文不耐烦地说完，转身回到透着温暖灯光的木屋里。

一直到窗帘拉上，灯光熄灭，伊莎贝拉还在傻傻地站在原地。身形的突变，突兀的空间移动，遥视能力的减弱，力量的分割，甚至是感觉愈加强烈的重力，这些所有的征兆，让伊莎贝拉担忧得无法入眠。她有预感，一场血腥的灾难已经在眼前了，可是自己却失去了感知一切的能力。

他们在亚特兰蒂斯城的那天，永远地失去了达尔芬奇，为了弥补这个空间的漏洞，伊莎贝拉从平行时空抓来了另一个达尔芬奇。这个连达尔芬奇自己都没有发现的秘密，却逃不过地球监牢的能量监视，终有一种作为惩罚的安排等待着他们。

2

　　究竟是多大的原罪，才换来这么痛彻心扉的惩罚。生硬挤出了一滴眼泪，却无法蒙混过关。它一定要让你的鲜血和眼泪一起流干，才肯罢手，而后，也没人能知道之后会有什么的安排。没有人首肯所见即所罚，因为那些绚烂和华丽的感官刺激，让罪人们无法拒绝。就好像和煦的晨光，清爽的秋风，寂静的星空，爱人的体温。那就让我们一起沉沦，一路到没有光亮的天堂。还有动人的歌喉，还有舒展的舞姿，还有期待的眼神，还有蜜糖一般的谎言，在那片一望无际的海面上，和波光粼粼的水纹一般，彼此叠加在一起。

这一天厂长特拉文的妻子生产，这是镇上的一件大喜事，人们奔走相告，期待着伟大的贤者继承人的到来。糖果很甜，每个镇民的脸上都露出蜜一样的笑容。

但是本来预计清晨生产的妻子，到了中午，还在痛苦地呻吟。然后到了晚上，最后到镇民们嘴里的糖已经融化没了，这个孩子还是没有成功被生下。听着妻子痛苦的呻吟声，特拉文在摇椅上坐了一整夜，一直到第二天凌晨。出出进进的护士和医生，他们的衣服上沾满了鲜血。这个颜色让特拉文想起达尔芬奇弥留之际，他化成了鲜红色的空气，飘荡在亚特兰蒂斯上空的云间。那是他至今难以忘怀，最美却也最残酷的景色。

特拉文的一个出神，竟然直接到了第二天晚上，他安慰自己只是睡着了，并不是灵力的失控。但跟生命危在旦夕的妻子相比，这些所谓的失控已经微不足道了。

他穿上披风冲出家门，却愣在原地，卡斯提尔镇民们都跪在庭院里为太太祈祷。两行眼泪滴在了陈旧的木台阶上，被侵蚀的木头发出痛苦的哀号。

"伊莎贝拉！你在哪？请来救救她！"特拉文也跟着木头一起哀号。

"伊莎贝拉，伊莎贝拉，伊莎贝拉……"一遍又一遍，他的声音响彻夜空，可是这一晚的星星都躲得不见踪影。

卡斯提尔镇民以为贤者在念某些神秘的祈祷词，众人也一起跟着咏诵道："伊莎贝拉，伊莎贝拉，伊莎贝拉……"

院子里回荡着伊莎贝拉的名字，一直到太太的呻吟声戛然而止。特拉文瘫倒在床边，死亡和蜜糖交融的感觉再一次席卷了他每个细胞里的宇宙。他用力起伏着胸膛，希望这种力量可以催出泪水，让自己得到某种程度上的救赎。他忏悔自己不该期待有一个将被严惩的灵力的降临，即便他是这个"幸运"的"父亲"。

一滴眼泪落在了特拉文手背的皱纹间，然而，这滴眼泪并不是他的。伊莎贝拉突然出现在他旁边，在场的人如同见了鬼一样，尖叫着跑出去，还一边大嚷着，魔鬼降临了。镇民在一片慌乱后都离开了，只剩下安静的庭院，还有脸色苍白的伊莎贝拉，她绝望地看着已经停止了呼吸的美丽孕妇。

"为什么？你为什么才来？"特拉文无力地责问他。

"我一直都在，只是你现在看不见我了。"伊莎贝拉回答。

特拉文抱住伊莎贝拉的腿，终于失声痛哭了出来，"究竟是什么样的罪，才要他们承受这些？"

"我用尽了全力，想要把她的灵力留在这里继续受罚，可是，似乎她已经得到解脱了，你该替她高兴。"伊莎贝拉说完，擦干了脸颊上的眼泪，再次放在舌尖上舔了一下。明明很难过，这滴眼泪竟然和那颗糖一样甜。

这里的惩罚规则，越来越让他们迷惑。起初只是简单地以为是一种会沉迷的感知，是会消磨灵力的毒药。可是，不论沉迷与否，得到与否，受到的痛苦反馈远远大于那些毒药的分量。伊莎贝拉再也找不到任何可以为这个囚牢规则辩护的理由，他只知道，离开这里是唯一的选择，刻不容缓。

　　爱尔兰昏暗的小酒吧里，特拉文身穿破烂的皮衣，四仰八叉地倒在一群青年男女中间。虽然没了中世纪的大胡子，但是脏兮兮的胡楂儿也好几天没清理了。即便如此，帅气的脸庞不影响他受到大家的喜爱。桌上放着一份《伦敦时报》，首页写道：1983 年，N2 发行录音室专辑 *Wars*，该专辑获得了英国专辑榜的冠军。

　　自加拿利群岛最后一次争吵后，伊莎贝拉和特拉文分道扬镳，她坚持要自己找到星门，离开这个牢狱。而特拉文却对她说，如果你活在自己的监牢里，走到哪都是监牢。这话显然说服不了伊莎贝拉，看着灵力已经大大折损的特拉文，眼神的暗淡，行动的迟缓，感知的退化，困顿的思维……这些都让伊莎贝拉看不到一点儿希望。伊莎贝拉转过身的那一刻对特拉文说了最后一句话："愿我们不会都'死'在这个地狱里。"

　　这是特拉文第一次被真正地困在了一个时空中，他多次想要逃离，却牢牢地被地磁场捆绑住，也抵抗不了五感的来袭。这些不再是他的选择，而已经成为早上一睁眼，就已经摆在面前的早餐一样，不得不吃完，即便难以下咽。

3

　　听见的仅仅是听见的，看见的也仅仅是看见的，触碰到的也只能碰到，品尝到的一定要咽下去的时候，世界便开始欺骗你。最初忠贞的誓言已经不复存在，只剩下左右摇晃的钟摆。

　　想要找寻继续徘徊的意义，却赶上了一个透亮的下雨天，人们举着厚重的雨伞时，还要带着配得上这晴空的微笑。一不小心发出一个笑声，被判定为淫荡，还要被打入地牢。诞生的时候没有鲜花陪伴，砍头的时候却伴着欢呼声。一阵喧哗过后，人们还要再撑起雨伞，紧锁喉咙，屏住呼吸，带上微笑，倒退着行走。

一支香烟快要燃尽的时候，特拉文赶快把它夹在唇边，用尽最后的力气，尝试嘬出第一次抽烟的感受。可是这一口，和之前的无数口并无差别，好像抽第一口烟之后，就再也没有抽过烟。

　　新专辑又成为本周的销冠，安排紧凑的世界巡演，歌迷们台下的疯狂追捧，上不完的杂志封面。这些就好像街角的面包店里的羊角面包一样，早已经没有了第一次品尝的美味，取而代之的是疲惫与不安。

　　当时在斗兽场跟伊莎贝拉承诺，自己梦见了星门，可以带她回去的话，还保留在特拉文的记忆里。只不过他已经分不清，自己曾经是不是真的知道星门在哪——至少现在，他根本不知道自己该怎么回去。经常在舞台上声嘶力竭地表演时，特拉文会忘记自己究竟来自什么地方，甚至怀疑自己的父母是不是在电视前观看自己的表演。他们会感到骄傲吗？特拉文心里想。

　　他记得父亲第一次接自己放学，母亲亲手给他做的第一个蛋糕，初中偷吻了隔壁的女孩，还有逃学去地下乐队 Battle，这一切真实得和程序一样，或者说，这些程序的记忆真实得如同存在一样。每天睁开眼，特拉文都会看见这些所谓的"过去"，就好像这个牢狱给他备好的早餐一样，不管他喜不喜欢，接不接受，一定要吃得一干二净。用餐结束后，还要用一通大笑，或者一场痛苦作为真诚的回应，这个世界才肯放过他。

　　如何区分真实和虚幻，特拉文早已经不在乎它。"灵力"这个词已经从他的字典里消失，取而代之的只是一种无法言喻的纯粹的力量。就像一个端着枪的士兵，找不到战场一样迷茫而慌张。他的感知就像一个没有雨水滋润的盆栽，摆在阳光下，却日渐萎靡。他常常梦见自己缩回成一个点，然后猛地惊醒，自己果然就被困在这个点中。特拉文紧紧地攥着被子，痛苦地挣扎，汗水浸透了床单，还是想不通问题究竟出在哪。

"你叫伊莎贝拉？"特拉文愣神了两秒，诡异地自言自语说，"伊莎贝拉是谁？"

性感的裸女娴熟地穿好衣服，完全没有理会特拉文的问题。她离开的时候，回头对特拉文说："亲爱的，今天你叫我伊莎贝拉，下次你可以叫我莫妮卡。"

门被关上的那一秒，特拉文感觉到自己缩小成无限小的粒子，被吸进黑暗的门锁眼中。那里有不断伸缩交错的立方体，四面，八面，十面，十二面，二十面，在他的四周诡异地摇摆着。报纸上写着普朗克时间几个字，特拉文看得出神，烧尽的烟头烫伤了纤细的手指，可是特拉文无动于衷。因为他把自己放在那个无限的锁眼中，试图听清楚一个模糊的声音。大概是关于"九秒"和"监狱"两个词。特拉文想不清楚这到底和自己有什么关系，他也试图把这段诡异的感知写进新专辑，但是没有得到乐团其他成员的认可，没人能感知到他所说的特别感知。一切来得都是那么诡异，捉摸不定。

没有人可以修正设计好的错误，也没人能逃出自己预定的囚笼，即便我们就是设计者或者被囚禁者本身。这样的能量变化规则任谁都不能改变，如果一定要下定义，这种未知力量大概就是神。

记者提问："您觉得谁是你最好的朋友？"

特拉文说道："大概，不对，只有三个。"

"一定是您的乐队成员吧。"记者肯定地说。

"他们在很久以前就过世了，我也想不起他们的模样甚至名字了。"特拉文若有所思地说。

后排的一个记者马上抢问："您是在暗示自己有多重人格吗？"

"难道在你的心里，只有自我的定义吗？兄弟，我很抱歉你是这样看待世界的。"

"那您能详细说说这三个朋友吗？"记者继续问道。

特拉文还没等记者的话音落在地上，就准备起身离开了。这样子傲慢的态度恐怕又要让他上第二天的头条。果不其然，第二天酒店服务员送来的早餐旁边摆着一份印着自己傲慢回眸的报纸，报道的题目是《那些不为人知的过去》。

特拉文一边喝着早茶，一边咯咯地笑。的确，那根本就是不为人知的秘密，就包括他自己也真的记不清楚了。脑海里只剩下一个捧着画板在大雨天奔跑的疯子，还有一个和他抢面包的家伙，最后那一刻，除了那个人的眼泪，特拉文什么都不记得了。

从出生那一刻起，他就是一个听觉极其敏感的人，任何会刺伤耳朵的可能的声音都是他最恐惧的噩梦。他经常想象自己的耳朵像两个被开到底的水龙头一样，血液如同喷泉一样喷射出来。

入睡前，特拉文拿出一个中国女友送他的掏耳勺，盯着他看了许久。

抽完两根香烟，再把这个掏耳勺举在自己面前的时候，心里少了很多令人恐慌的联想画面。他小心翼翼地把这个纤细的仪器送进耳腔里，试探性地旋转并轻抚四周。他感知到一种力量延伸到了自己的大脑里，然后发芽，生长进五脏六腑，刺探着每个细胞。

当它达到某种深度的时候，就遇到了未知阻碍物，就像把罗宋汤里没有切碎的胡萝卜挑出来一样，他终于用掏耳勺完成了清洁污秽的任务，兴奋地把它拿出来，心里的一块巨石放了下来。可是眼前的这个"仪器"上并没有污秽之物，那么刚刚自己感觉到的"舒服"，又是什么呢？特拉文躺在床上，举着这个伟大的"仪器"，想得出了神。

突然，它竟然裂开了一道伤口，鲜红温热的血液飞溅出来，特拉文的脸上沾满了污秽的血腥，床单上，枕头上，无处不在。嘴里也翻滚着一种血液的腥味，特拉文在这种令人作呕的味道中，从噩梦里惊醒。

太阳刚刚落山，才七点钟，特拉文看着窗外的车水马龙，努力想要忘记刚刚那个奇怪的梦。

下卷

梦 的 召 唤

1

　　仰头的时候，下巴紧缩，发丝凌乱，喉咙颤抖，麦克风竟然也掉在了地上。紧接着就听见鼓手紧握的鼓棒也掉落出了另一个平行时空，于是本来捉摸不透的节奏，现在看来就更加捉摸不透了。专辑封面的名字首字母无端多出另外一个字母，它看起来和其他字母相同，但又有些不同。那就重新给它命名，把这几个字母连起来却不知道该如何拼读。乐团的三个成员旁边，也凭空多出一个人，没人问他是贝斯手，鼓手，键盘手，还是什么人，大概自从他站在那里就已经成为某种事实，然后每个人的意识中都莫名叠加上令人不安的记忆，人们称之为历史。

　　我见过你在敦刻尔克的战场上露出凶恶的眼神，布鲁克林大桥上紧握着公文包穿行在人群中；听过你在紫禁城前朝上斩钉截铁的谏言，在天空之城对她的许诺，在越南街角咖啡小店与店主的谈笑；我也见过你无意闯入真实世界的惊慌失措，更见过你之后对自我和真实世界的彻底否定，然后坚决走回"现实"。

"用手掌扭曲自己的脸颊，顺便使劲咬住自己的嘴唇，如果感觉到羞耻与疼痛，那么应该就是真实，否则，就一定是在做梦。"灯红酒绿中的一个高挑美女嘶吼着，生怕别人听不见这个新游戏的规则。

"所以呢？"特拉文不耐烦地问。

"抽到黑桃 A，就是公民。抽到红桃 A 就是医生，剩下的人都是臆想症病人。但是医生不能暴露身份，不然医生把公民带回医院的任务就失败；公民也不可以暴露身份，否则公民就输了，要被带回精神病院。鉴别的方法就是我刚刚说的，大家去揉他的脸颊，咬他的嘴唇……"美女解释道。

"这游戏叫什么名字？"特拉文问。

"你想叫什么都可以，亲爱的。"美女说。

"这个游戏似曾相识。"特拉文笑着说。

不一会儿，女人们的妆都被口水融化，淹没在无礼的评判中。人们咬牙切齿地忍受着疼痛，没人愿意做即将面对惩罚的公民，假装是个非正常人类反而更符合游戏规则。特拉文漂亮的嘴唇成为众矢之的，沾满了各种绚丽的颜色。他强忍着疼痛，不愿承认自己是一个正常公民。没人想被医生诊断出是神经病，如果是，也要做自我诊断的臆想症患者。这样一来，世界就显得更加有秩序。

他们假装没有羞耻心，也感觉不到疼痛，因为一切都是一场滑稽的梦。不论是一个人，还是一群人，一个城市，甚至是整个世界，没有愿意做等待审判的正常人。游戏进行到高潮，人们依旧顾不得去蹂躏撕咬别人，而是想办法折磨自己，剥去华丽的伪装。

露出脆弱的血肉之躯，摘下婚戒，使出惊人的力道把它掰成一把利器，再深深刺进离心脏只有半寸的位置。然后不停晃动着这把利器，直到血液淌满了整个胸腔，远看就像为真爱而不惜放弃生命的勇士。其实，这只不过也是为了证明自己不是正常公民罢了。疼到说话开始结巴，还要硬撑着唱完这首情歌，因为医生正在角落里静静观察，听说今年医院又多了很多新床位。

凌晨回到家的时候，特拉文已经感觉不到身上有任何疼痛，因为这一晚的病人不是他，他私下里为自己诊断了，他想这个就应该叫作自由。淋浴里的水从脚面散开的时候，被掺入了明亮的鲜红色。镜子里面，他的身上依然光滑纤细。特拉文哼着 *TV In Black And White*，把自己重重地摔在床上，瞬间就进入了梦中。

特拉文从床上直接掉在了火星上的一个地下酒吧里，某种扭曲力和吸引力撕碎了他的床单，于是特拉文就赤裸裸地出现在一群火星人中间。这些长得奇形怪状的动物把特拉文放进了一个玻璃缸中，大家一边听着音乐摇摆，一边喝着酒品鉴这个新物种。奇怪的是，在这里他竟然真的没有感觉到羞耻，裸体的自己在缸中开始搔首弄姿，沉浸于这些动物们的欣赏目光。

这不是一个干净的玻璃缸，准确地来说，他一定不是第一个被邀请来表演的"嘉宾"。因为这个狭小的空间还残留着某种特别的气味，特拉文并不讨厌它，但是也绝不享受。

"你喜欢这里吗？"一个声音突然出现。特拉文慌张地四处寻找声源，但奇怪的是声音竟然从缸中传来。特拉文开始有点儿惊恐，不停地拍打着玻璃，但是外面的人根本看不见他一样。

"噢！好疼！你在干吗？"他说。

"你是谁？"特拉文忐忑地问。

"我是谁不重要，重要的是你还记得自己是谁吗，特拉文？"他问道。

"不对，这是梦，这一切都是不存在的。"特拉文一边狠狠地捶着玻璃想要挣脱出去，一边大声喊道。但是他忽然发现，这个玻璃不是玻璃，因为他的嘶吼没有在玻璃上留下一点儿雾气的痕迹。而外面的这些丑八怪，好像也不是在仔细地欣赏他，而只是单纯地看向远方。

"你可以安静一会儿了吗？"这个声音又说。

"这是哪？"特拉文平静了下来，继续问。

"火星。"他回答。

特拉文突然不禁捧腹大笑起来，说："我昨天一定是注射太多药物了，竟然做这种狗屎一样的梦。"他站起身，收起笑容，突然严肃地说，"哥们儿，你很幸运，这是在梦里，如果在我清醒的时候有人这么整我，我会打得他老妈都不认识他！"

"伊莎贝拉说得对，这不是一件容易的事情。"神秘声音说。

"伊莎贝拉？"特拉文突然想到了什么。

"我们改天再见吧。"神秘声音渐渐消散。

"等一下！"还没等特拉文说完，他就被粒子风带入了一个充满奇怪噪音的旋涡中。对失控的渴望，这种感觉似曾相识，只是缺少了一种从前就连通的，现在也没有消失的牵挂。

"你还记得我吗？"一个熟悉的声音出现在特拉文睁开眼的第一刻。

这是一个非常奇怪的梦，日有所思，夜有所梦。特拉文这样安慰自己说，可是伊莎贝拉究竟是谁，他的内心止不住地在敲打着这块无人之地。

"伊莎贝拉，谁是伊莎贝拉？"录音棚里特拉文在尝试新曲，他把这个未解之谜不小心放进了歌词里。

"见鬼了，谁是伊莎贝拉？"制作人拧着眉毛说。

结束纽约站签售会后，一如既往的是喧闹的派对，成群的妖魔鬼怪聚集在这里，乘着不搭调的音乐，都感觉自己飞翔在夜空里。

"见鬼了，究竟谁是伊莎贝拉？"键盘手站在桌子上，摇摇晃晃地把酒杯举过头顶。他原本是想敬大家一杯酒，却不自知酒都已经洒满了自己的礼帽。香喷喷的葡萄酒顺着帽檐滴落下来，他前仰后合地说："下大雨了，我们该回家了。"

话音刚落，键盘手就重重地摔倒在桌子上，酒杯和缤纷的摆盘都被震向半空，它们好似凝结在半空，就连洒出来的酒滴也不忍心就这样落地。

"伊莎贝拉，伊莎贝拉……"特拉文仰卧在沙发上，看着喧闹的场面突然被画面升格，时空竟然开始扭曲，他看见酒杯悬在空中，但又同时听见它落地的破裂声响。他颤抖着拿出一根烟，再颤抖地把它点燃，可是酒杯仍未落地，键盘手的帽子仍在旋转，洒落的一滴葡萄酒正在以极其缓慢的速度向自己的方向飞来。

特拉文吐出一个烟圈，然后站起身，在这些"雕塑"中来回踱步。他想要触碰它们，但是又胆怯地把手缩回来。因为直觉告诉他，这个空间里现在有无穷的力量，任何未被许可的侵犯都会引发一个世界末日级的爆炸。

"你在找我？"一个女人在身后突然出现。她穿着一袭白裙，面如精灵，眼睛里闪烁着从未见过的蓝紫光。

"你是谁？"特拉文小心翼翼地低声问，生怕一个不小心某个高频率的声线振动会引爆世界。

"伊莎贝拉是谁？"精灵微笑着问。

"你是伊莎贝拉？可是我不认识伊莎贝拉。我不知道该怎么解释。"他解释道。

"你认识，只不过你丢失了很多东西，被囚禁在这里，其实这里的所有人都是这样。"精灵十分肯定地想要说服他。

就在特拉文还在品味她说的每一个字时，一种熟悉的粒子暴风席卷了整个房间，那个自称伊莎贝拉的精灵化作了每个人手指间香烟上的烟雾，飘散然后消失在无形中。

2

　　刻意地去隐藏，总是更快地被揭穿，因为我们看不见的世界就是这场捉迷藏的主角，而并非你自己。一场本末倒置的游戏，可以发声，但往往还是闭紧嘴巴才是明智的选择。烟抽多了，就会有幻觉。我们去责怪尼古丁，因为它隐藏了真实，可真实的感受只有尼古丁自己知道，而并非是你自己。这个残酷的现实就犹如一场不见血的战争，你流着血，但是还要咬紧牙穿上西装，昂首挺胸地走进办公楼的大堂，优雅而绅士地对前台说，早上好。而那个前台的女人一边微笑着回应你，好像又是美好的一天，但是她小腿上流下的血液已经填满了她的名牌高跟鞋。

听过特拉文音乐的粉丝们，无不为他的才华与美貌沉醉。年轻人效仿他的举手投足，发型配饰，服饰搭配。每个专辑里面一定有几款当年极其畅销的时尚单品。为此，特拉文还在公共场合特意致歉过，他认为某种程度上误导了一部分年轻人。因为无论这个 MV 拍摄得多么用心，这个世界上永远都没有绝对的完美。何况大家去追捧那些微不足道的细节，表面上的确是对他的支持，他很感激。但是，这并非是最初的意愿。他希望更多人注意到他的音乐，这种能量本身，虽然大部分时候，他自己也说不清楚那究竟是一种怎样的能量，这是文字的局限，也是音乐存在的必要性。

特拉文的这次访谈十分诚恳地道出了自己的心声，但是这篇访谈却被排在了当日报纸很不起眼的一个角落。相反地，大篇幅描绘的是那晚所谓派对的内部人士透露的私人信息，标题文字也一语中的：究竟谁是伊莎贝拉？一时间很多人跟风改了自己的名字叫作伊莎贝拉……

特拉文从来不记得自己前一晚做的梦，然而那晚自己裸体表演的迥异的梦却在脑海里挥之不去，每一个细节，每一个声响，每一个眼神，他都记得清清楚楚。这些让他莫名地有些压抑。

响声从来没有消失过，只是你的思维否决了它。特拉文再回到这个被囚禁的梦里时，赤裸的皮肤上竟然长出了羽毛，柔软而光鲜。这个酒吧里的野兽也都不知所终，空荡荡的很安静，甚至连自己的声音都听不见。

特拉文蜷缩着自己的身体，折叠的羽毛带来身体上难以承受的剧痛，可相比之下，这种未知的恐惧已经远远超过了疼痛。少了那些怪兽的注视，他反而"遇见"无数个自己，以各种装扮、各样的姿态端着酒杯，挤满了这个狭小的酒吧。这些来自不同自己的注视，让他身上的羽毛不禁战栗。

他们时而欢笑，时而痛哭，饱满的情绪里没有一丝声波的产生。舌头用力地贴近玻璃缸，感受到温热。冒着热气的冷水从头顶灌进来，不一会儿玻璃缸就被装满了。有一个自己端着一杯牛奶走过来，一滴滴地注入进这个奇妙的玻璃缸，水面瞬间飘起了一层乳白色的薄雾，美得并不真实。

"你准备好了吗？"那个奇怪的声音又出现了。

"你究竟是谁？"特拉文在水中翻腾着长出的翅膀，问她。

"飞翔的感觉怎么样？是不是很熟悉？"她问。

"你究竟在胡说些什么，我只是一个困在水缸里长着翅膀的怪兽。"特拉文有些气愤。

"水中和空中是一样的，如果你不记得亚特兰蒂斯，难道不记得达尔芬奇了吗？"他继续说。

特拉文忽然昏厥了过去，带着他的羽毛再次卷入粒子风中。这一次他已经不记得自己是谁，而是傻傻地站在一个蓝色的城堡里。一个跟自己长得一模一样的人，正在和一个男人抢夺画板，里面夹着满满的文件。

"你想把我们都害死吗，达尔芬奇？"另一个自己凶恶地吼着。

"这是属于世界人民的真相，谁也阻拦不了我。"他坚决地紧紧抓着画板不肯放开。

"你们究竟在干什么，还嫌事情不够麻烦吗？"伊莎贝拉从角落走出来，斥责着他们。

"亚特兰蒂斯文明的秘密是不可被记录的，就更别提泄露出去，你会打破空间平衡，你知道吗？白痴！"特拉文辩解道。

"宇宙自有它自己的规则，但是真相永远是不应该被隐藏的！"达尔芬奇强调着。

特拉文再也容忍不了这个临时"导游"的胡作非为，他的双眸突然发出蓝光，双拳紧握。只见一瞬间达尔芬奇手里的画板突然消失，然后闪现在半空中。

"抱歉！很多事情没有办法都告诉你！"特拉文从胸膛涌出一股能量，如同火焰般直接扑向了画板。

伊莎贝拉回过头，不愿意承认这个不可否认的事实。不料紧接着的是一声惨叫，达尔芬奇冲向特拉文，用自己的身体替画板抵挡住了那股恐怖的力量。还未等特拉文反应过来，或者伊莎贝拉回过头，达尔芬奇就已经消失在蓝绿色的空气中，化成了数不清的透明气泡飘离亚特兰蒂斯，直到进入辽阔的海洋中。

羽毛发着微弱光芒的特拉文在远处看着这一切，瞠目结舌。他唯一不能面对的事情终于发生了，那就是，他并不是任何人。或者说，原来每个人都是所有人。

"所以我就是伊莎贝拉，我也是达尔芬奇。"特拉文自言自语道。

"是的。"伊莎贝拉回过头，竟然径直向他走过来。她站在特拉文的面前，"我们从未离开过，这就是地球牢狱的能量规则，你感受到了吗？"

　　丢失记忆的人，往往容易找回自己，因为被叠加的虚假，他们是万恶之源。他们折叠了你和天狼星之间的连接，差之毫厘的存在仿佛在遥远的另外一个时空。特拉文渐渐找回了这些罪恶，但再也没有丝毫的恐慌，也再不会因为"伊莎贝拉"这个名字而惶恐不安。因为事实上，每一个人都是伊莎贝拉，每一个人都是特拉文。他一直苦苦追寻的某种未知存在其实就在自己的DNA里，和每一个人的命运都紧紧交织在一起。

　　亚特兰蒂斯城的幻象消失在摇晃的红酒杯里，特拉文从短暂的午休中清醒过来。贝斯手在录音室里的嘶吼，在特拉文的感官中，已经不复存在。

　　他再次拿起红酒杯，看着红色液体里反射出的自己，千变万化，时而大笑，时而狰狞，时而陌生，时而自我。这世界上没有什么比摇晃的葡萄酒，或者摇晃的灵魂，更加让人仓皇失措。可是，特拉文的仓皇好像跟着达尔芬奇的手稿一样，在某个未知的时空已经化为灰烬。

　　人们总是在不断弥补错误的道路上，然而最初的错误就是我们自己提出的。这样往复循环的生活，貌似让一切的存在都有了意义。就好像特拉文，一张又一张、发不完的专辑一样。一边迎来无数的追捧，暗地里还要遭受无数个自己的诋毁。没有人能衡量出追捧和诋毁到底谁最后能够占上风，但是这一切都只是幻想，结果也一样如此。

特拉文渐渐开始后悔找回了这些所谓有始有终的记忆，但它们的回归并没有给他任何慰藉，相反的只有迷惑——关于这个世界，关于何去何从，关于那种纯粹的能量应该如何安置。

我们常常都想要强调这一点，自己已经不是自己，可是到了某些致命的边缘，又想要抛弃崭新的自己。不过这时候，已经没有哪一个自己，愿意接受自己还是曾经的自己这个事实。

回忆，就如同被分割的新鲜蛋糕，吃了一块，就以为占有了所有。可是你没看见的是，还有无数个平行时空的你，也正在跃跃欲试地想要瓜分这块蛋糕。所以，终其所有，我们最终的敌人就是自己，可笑的是，我们唯一的朋友，也是自己。

特拉文丢失灵力，并不是一些破碎的记忆就可以弥补的。这就是这场本似一场玩笑的地球之行，所要付出的代价。他被分割成了数不清的自己，到底该带走哪一个自己，才是最好的结局？特拉文看着摇晃的红色液体，紧紧皱着眉头。

尼古丁、酒精，或者是低俗的情爱，这些都已经到达了可悲的边际效益。特拉文已经想不起，从前的自己，得到这些以后，或者说，被监牢成功禁锢了这么久以后，该以怎样的姿态放声大笑。但是他不记得的是，最初的自己，其实是连放声大笑的行为都是不被允许的。

所以，这场战争，最后到底有没有赢家，不得而知。唯一确定的是，他已经成为一个好奇心的牺牲品。又或者说，他不是唯一的牺牲品。这个世界上，根本就没有无辜的牺牲品。所有被囚禁于这里的灵魂都自以为是误入了监牢的迷宫，其实根本没有什么罪恶值得被惩罚，这个宇宙里也没有对和错、好与坏。"监牢"这个定义只是让一切显得更有趣味罢了。所有的囚徒都是亲手设计这个监狱的创始者，每一刻的定义都随着新成员的到来而不停改写。

3

　　睁开眼睛的时候，吓得说不出话，然后周围的人也跟着沉默了起来。有人定义为"远见"，有人却定义为"演技"。你能用双手把自己抱起来吗？你能横越过夜空而不触碰到任何一颗星星吗？你能挂断电话以后，找回最初的灵力吗？这些所有经不起推敲的问题，最终都只能给一个悲伤否定。可是，谁也说不清，到底是在否定问题本身，还是否定你自己。有一段音乐引人入胜，台下挤满了带着耳朵的听众，奇怪的事发生了，这是一段无声的音乐。这个场合里，显然耳朵有些多余，但是谁又敢把它撕裂下来呢？毕竟传言说身体里流淌的红色液体很值钱。

特拉文自诩的成功，现在看来不值一提。那个缸中的声音原来是一个不老灵力，他也一样跌入这个囚笼中不能脱身。但与特拉文和伊莎贝拉不一样的是，他安静地接受所有的指责和惩罚，一直到永远。哪怕永远只能在玻璃缸中体会着每一个人的感受，却不能触碰。

在这个缸中，不老灵力接待过很多小伙伴，他们各自有着最初不同却一样愚蠢的目的，来到地狱迷宫，走失了自己。在他被囚禁于这个玻璃缸中时，就已经感知到伊莎贝拉正在向自己走来。她带着极其强烈的欲望，不畏时空扭曲的决心，要离开这里，但并不是自己离开。为了让她带走特拉文，不老灵力给她展示了这里的能量规则，那就是必须与特拉文的灵力融合。伊莎贝拉在不老灵力的指引下，找到了严重迷失的特拉文，可是那时的他已经失去了大部分记忆。于是她在特拉文分裂出的无数个平行空间中，找寻任何有突破可能性的时空点。直到她找到了特拉文灵力尚存的一个分割点，虽然是一个自大狂妄的音乐人，但在他不可一世的外表下，有最脆弱的屏障。

不老灵力的描述是，任何受困于牢狱的灵力，最后都会因为沉浸于感知的贪婪，而被残酷地分割。它们被分割而后消散在无数个平行空间中，任何一个选择，亦是感官的选择，只是灵力的自我伤害罢了。当下伊莎贝拉找到或者说唤醒的特拉文只是散布在宇宙里的、不值一提的一部分而已。然而即便如此，伊莎贝拉也别无选择。毕竟亡羊补牢是他们目前唯一能做的事情。

眼前这个特拉文，他的自负与脆弱在伊莎贝拉眼中，过犹不及。他同意伊莎贝拉讲述的一切故事，没有任何分析和推测，就是简单地接受，好像一个机器人。带回这样的特拉文，伊莎贝拉不知道还有什么意义，可是从某种角度上，自己也不再是完全的自己，同样被叠加成一个扭曲的灵魂。特拉文表面上的坚决离开更像是别无选择的逃离，就好像不可一世的脆弱一样滑稽可笑，即便他自知所有。

根据不老灵力的指引，想要找回更多的灵力，记忆是其中一个很重要的环节。它是连通思想与灵力的桥梁，从另一方面，也可以说它其中包含的本质上就是感知本身。当那些粗俗的、分割的、夺权的感知占领了你的思维时，不二的纯粹灵力就会深深地隐藏得不知所终。

"你决定好了吗？"不老灵力问。

伊莎贝拉蜷缩在玻璃缸的角落，三滴绿色的液体顺着她的手臂缓慢流下来。它们一直到指尖，最后润染了娇红的指甲油，渲染成了蓝紫色。

"开启最后的通灵之术，你可以承担得了吗？那是你不可想象的痛苦。"不老灵力试图说服她。

"我不愿意带走一个行尸走肉的特拉文，他不是特拉文。"伊莎贝拉说。

"所以你打算通灵后，召唤所有的特拉文？"他问。

"我知道这不可能，但是我们已经没有别的办法了，我承认特拉文他已经被这个时空撕成了碎片，拼补不回来。可我不愿意有遗憾。"伊莎贝拉坚持说。

"也许贯通之后，你就不会这么想了，毕竟你现在也不是完整的。"他自言自语道。

纯粹的力量是人人向往却求而不得的，即便是不老灵力也不曾拥有过，他早已忘了接受惩罚前自己是一种透明的存在。伊莎贝拉的出现，让他又陷入了一种不切实际的幻想。他伪造了通灵之术一说，其实所谓的贯通不过是把自己打碎，然后注入伊莎贝拉的灵力中。这样邪恶又美好的企图，最终的胜率可想而知，但是旁观了上亿年的他，还是没有经受住魔鬼的诱惑。

每一个谎言都要带来或重或轻的代价，它们往往都在某种程度上扭曲了时空，更改了力量的分布。在人类的思维数学上，接近于可能性分布曲线，是一个令人迷惑本质与表象的家伙。

当特拉文再举起红酒杯时，那些狰狞的、憔悴的、狂笑的、诡异的自己仿佛都消失不见了，好像是无端落下的几粒灰尘勾画出了那一切。

"你有这些幻想多久了？"坐在对面的心理医生盯着他问。

"你觉得我漂亮吗？"特拉文抬头问他。

"这个很重要吗？"医生问。

"你已经这样盯着我半个小时了。"特拉文微笑着说。

"我只是在观察你，严重的自恋也是妄想的其中一部分。"医生微笑着回应。

"有些人需要看别人，才能发现自己被注视，我是那种不需要看就能感知到的人，"特拉文把酒杯放在桌子上，向前探身低声说，"每次我在舞台上，根本不需要睁眼睛，我能感受到他们每一个人的焦灼和痛苦，就在我唱歌的时候它们终于得到释放。"

"那恐怕是你自己的臆想，或者说是你自己的痛苦被释放，而不是别人的。"医生说。

"请问您一小时多少钱？"特拉文点了一根烟问。

"4000 镑，先生。"医生回答。

特拉文沉默了很久，一直盯着旋转上升的烟雾，它们就好像DNA 一样无尽无穷。

"我的臆想是，你的收费过于高了，亲爱的。"说完特拉文把烟头按在桌面上，便离开了这间私密的工作室。

特拉文戴着墨镜，瘦弱的身材披上廓形的风衣，走在夜晚的路灯下，好像流浪汉一样。他惊恐地回了酒店，准确地说是惊恐地再次入梦，再次见到那个叫伊莎贝拉的女人和听见她奇怪的声音。有些感知的扩大会上瘾，但是有些感知的存在本身就令人惊恐万分。就如同混乱生命之中的不速之客，搅乱了有限的感知，却又不可阻挡。

"嘿，哥们儿，想来点儿吗？你一定会喜欢的。"迎面走来一个十五六岁的犹太少年，莫名得意地跟他打招呼。

"你说的我可不一定喜欢。"特拉文瞟了他一眼忍不住补了一句，"这么晚了，你应该回家，难道不用上学吗？"

"混蛋，这跟你没有狗屁关系，不买就算了。"犹太男孩抽着烟掉头走开了。

路灯下，两个人的背影恰好形成一个完美对称的三角形。

贯通了灵力的伊莎贝拉昏迷在月球的背面，她躺在一堆类似金字塔的小型建筑之间，四个方向恰好对准了狮子座、水瓶座、天蝎座和金牛座。

记忆与其说是混乱的，不如说是庞大得令人难以承受，因为此刻，伊莎贝拉感觉自己承担了所有牢狱中灵力的感知。她不堪重负，甚至起不来身。通灵之术果然是假的，但是这种难以言喻的痛苦果然非常真实。伊莎贝拉的每一个呼吸都不断穿行在不同空间，每次一眨眼都会看见不同的文明，她根本稳定不住自己现在的灵力。她没有称为无所不能的纯粹，还是没逃过恐惧的定义。

她看见无数个自己在拥抱彼此，在争吵，在厮杀，在竞争，在沉沦，在不停分裂。被时间线错误分割了的那些伊莎贝拉，她们的脸上或深或浅地留下令人作呕的伤疤，答应过不要讥讽彼此，不过那只是一个粗暴的谎言。

身体里传来一个无声的叹息："这个世界果然还是这样！无论如何都逃离不了。"这个老派的语气很熟悉，但是伊莎贝拉却又在记忆库里找不到他的存在，唯一有一些联系的就是一个透明的玻璃缸。

本来是要收集所有特拉文灵力的，可现在伊莎贝拉不论翻开怎样的时间线和空间面，里面的所有存在都是她自己，各种装扮，说各种语言，甚至看着她自己和自己产下另外一个伊莎贝拉。每一个空间都挤满了伊莎贝拉，当伊莎贝拉站在无数个自己中间时，显得那么渺小。意识的秘密，并没有她预想的那么简单。

"站住，请出示你的 ID。"一个穿着警服的伊莎贝拉 – 9527 拦住她说。

"嗯。"伊莎贝拉环顾了四周，的确所有伊莎贝拉身上都携带着 ID。她搜遍了全身，并没有找到一样可以证明自己是"伊莎贝拉"的物品。

"新来的啊！"警员伊莎贝拉 – 9527 熟练地拿出手铐，给伊莎贝拉戴上，把她带到仲裁庭上。

一群打着哈欠、坐姿懒散的伊莎贝拉高级法官们，她们高高在上。十二个伊莎贝拉法官造型各异，中间的伊莎贝拉 – 001 手里拿着一个魔杖，斜着眼睛瞄了她一会儿，问："你为什么来这里？"

"我不知道，你们这里有特拉文吗？"伊莎贝拉问。

"你说什么？"法官伊莎贝拉 – 001 惊讶地问道。

其他十一个法官也露出十分惊异的表情，大家沉默了两普朗克时间，然后忍不住各自捧腹大笑起来。

"这家伙原来是个笨蛋。"法官伊莎贝拉 – 003 说。

"这个世界上根本没有特拉文。"法官伊莎贝拉 – 007 说。

"胡说，不要误导她，"法官伊莎贝拉 – 004 温柔地对伊莎贝拉说，"是这样的，蠢货，每一个伊莎贝拉也都是特拉文。"

"你们究竟在说些什么，这里究竟是哪里？"伊莎贝拉开始失去了耐心，恼怒地说。

"就给她封号伊莎贝拉 – $\sqrt{3}$。狱警 9527，赶快把这个蠢货带走，该吃中午饭了。"法官伊莎贝拉 – 002 说。

"听说伊莎贝拉七十八区的涮伊莎贝拉阿尔法肉最近还不错，想不想去试试？"

"我还没说完。"伊莎贝拉一边叫嚷着，一边被伊莎贝拉 – 9527 拖出了审判庭。

刚被赶出法庭，就已经有少年监管所的伊莎贝拉保安们在门口等着她。前脚刚迈出大门，后脚直接被推上刑车。伊莎贝拉试图集中灵力，打开手铐，可是手铐只是颤动，没有丝毫其他变化，甚至更紧了。

"别白费力气了，就你这点儿灵力，还是老老实实先去学校吧。"一个保安伸着懒腰说。

伊莎贝拉被脱光，洒满消毒粉，然后用冷水冲洗。就如同监狱的犯人登记过程一样，穿好学校的制服，正式成为预备伊莎贝拉根号年级的新同学。

"监狱能量变化准则"——老师伊莎贝拉 – 3333 在黑板上写下这几个字。

"监狱有多大？"伊莎贝拉 – $\sqrt{2}$ 说。

"不可以用空间的大小来度量，没有大和小！"老师伊莎贝拉 – 3333 的脾气显然有些暴躁，不耐烦地继续说，"总之就是有五个。"

"那地球呢？"伊莎贝拉问。

"你是不会想去的，那里是极刑区，充满了罪恶的幻觉，一个到处都是'自我'与'分割'的地方。"

"灵性里也有罪恶吗？"伊莎贝拉 – $\sqrt{7}$ 问。

"那是我们创造出来的，将他们隔离在牢狱里，是为了保证灵性世界的纯粹，把堕落都留给他们。"老师伊莎贝拉 – 3333 回答说。

这节课伊莎贝拉老师 – 3333 给所有同学发了教材，这本宇宙牢狱手册里面描绘了各种文明。伊莎贝拉翻到 AI 与人类之战的那一页，好奇地问老师那是什么。

"那是我见过的最愚蠢的一群犯人，简直就像笑话。上层已经想要撕掉这一页的存在了，等批文下来，就要执行了。你可以忽略它，不会在考试重点里。"

放学的时候，伊莎贝拉捧着沉甸甸的手册，迷茫地走在队伍中。关于那一页的文明，她总觉得有什么在召唤自己，又或者自己忘了什么重要的东西在里面。从前的记忆就像喝进去的水一样，融进身体里最狭小的缝隙，没有痕迹，只剩下纯粹的感知。

欢快与游走

1

熟悉的感觉不自知，就叫它不自信；亲切的人很疏远，就叫它任性；喜欢的东西毁灭它，就叫作奉献；写出的字再清除，就叫作灵感。殿堂的定义过度华美，像是失真的相机，打着科学的名义，带你在局限的感知里绕圈。杯子摔坏了，不知道谁给你换了新的，只有喝水的时候才想起付钱时紧皱的眉头。某一日，一个摔倒的儿童向你大哭求救，你安慰他自己爬起来，认为这才是最好的教育。但可惜，有一件事情你错判了，那个摔倒的孩子不是你的孩子，也不是别人的孩子，正是你自己。夜晚星星再多，也比不过月亮耀眼，大家都只记得月亮，没人会在意那些点点繁星。可是你抬头看到的景色都已经是历史，也许此刻，月亮已经被划分成一堆繁星，与其他无异。这样的结局大家都不喜欢，所以我们有了真实的定义。

特拉文再也没有梦见过伊莎贝拉，以及那个诡异的玻璃缸，本以为找到了出口，结果感觉自己被人放了鸽子，被无情地抛在了这个世界。他搬家到了洛杉矶，在乐队极力反对下，坚持休息一阵子。经纪人皱着眉说："鬼知道一阵子是多久！"然后便气得摔门而去。

"你大概忘了自己十四岁流浪街头的狼狈，如果不是遇到我们，你根本不会有演出的机会！"贝斯手愤怒地说。

"十四岁？我现在也不确定自己是不是真的有过十四岁。甚至是你们，真的有过十四岁吗？你们确定吗？"特拉文吐着烟圈说。

"你是不是疯了，你有没有去看我推荐给你的心理医生？"键盘手说。

"哦，你是说那个开天价的花痴婆娘吗？"特拉文笑着说。

"坦白地说，特拉文，你现在的状态很让我们担心。"鼓手扶着他的肩膀说。

"话说回来，你前妻跟别人结婚了你知道吗？"特拉文不怀好意地挑衅他说。

不愉快的散场和傍晚一起到来，特拉文收拾好行李，只是简单装了几件换洗的衣服，还有一张奇怪的公民 ID。他在印象中应该是自己最喜欢的酒吧里，喝了几杯威士忌，还没等酒气散光，就打算开车离开。这时酒吧的停车工作人员好心地阻拦了他，虽然特拉文戴着眼镜和帽子，还是被人认出来了。

"先生，你还想要上新闻吗？我不这么想。"保安笑着说。

"见鬼！"特拉文也闻到自己身上粗鲁的酒精气味。

这时，一辆巴士驶来，停在不远处，保安给了特拉文一个狡猾的眼神。

"你在开玩笑吗？"特拉文前仰后合，然后表情严肃起来说，"好吧，你是认真的。"

"当然，我也可以为您叫出租车，不过在大巴里欣赏这个城市的夜景很美，先生。"保安说。

特拉文看着橘色的大巴，还冒着朦胧的尾气，就好像他刚刚掐掉的香烟。

"为什么不呢？"特拉文说完，摇摇晃晃地一路小跑向那辆他也不知道驶向哪里的车。

"天啊！又是一个醉鬼！赶快上车，我要着急下班呢！"大巴司机看着这个穷醉鬼浑身摸索钱的窘迫样子，实在无法忍耐了。

特拉文坐在顶层，凉爽的夜风还有缤纷绚烂的彩灯让他一阵恍惚，仿佛到了那个叫伊莎贝拉的女人给他的应许之地。光线开始曲折，在每一个闪烁点上开始分裂，然后插进彼此的心脏，发出嘶吼，痛苦得犹如死亡降临。然而，死亡真的是痛苦的吗？特拉文心里问自己，毕竟，那些真正有话语权下定义的人，他们已经在另外一个世界了，或许那就是伊莎贝拉说的应许之地。

这时两个一样喝得醉醺醺的白人，穿得西装革履，拽着一个男孩的衣领，大放厥词。虽然特拉文有些微醺，但还是一眼就认出了他就是前两天试图卖给自己毒品的犹太男孩。

男孩被推倒在地上，两个恶徒十分凶猛地攻击他，很快男孩的脸上、身上都留下了隐约的血迹。特拉文来不及，或者说，他根本不想去听清他们之间在争辩什么。他只明白自己是一个第二天一早就要离开这个鬼地方的人。他大步流星地走下巴士，却不知道这是哪里。特拉文坐在公交站的座椅上，深夜的冷空气已经完全让他失去了"理智"。

不一会儿，远方传来警车的声音，前面的十字路口好像出了什么事故。特拉文不自觉地向红蓝闪烁的灯光走去，就是刚才那辆巴士，那两个西装男被戴上手铐，带上了警车。一个男孩的尸体被用担架抬过来，身后跟着一名刑警和那个巴士司机。

"听着，我只是想早点儿下班，我不认识他们中任何一个。"司机说着，就看见那个跑下车的醉鬼呆呆地站在不远处。他保持缄默，什么都没有说。

男孩的尸体从他面前抬过去的时候，特拉文好像听见他在说："请把我埋得浅一点儿，这样妈妈就能找到我了。"

"什么？"特拉文不自觉地反问他，其实他也不确定自己是在问谁。

"先生？"一个警察走过来问他。

特拉文呆滞地盯着那个男孩，他明明是紧闭着嘴巴的，怎么会说话呢？没错，一个紧闭着感官的人，怎么会能发声。

"没什么。"特拉文怀着从未有过的猜测和不安转身离开了现场。

第二天，特拉文便从欧洲到了洛杉矶，但是从这一晚开始，他总是做同样一个梦，就是自己被活埋的场景，那种窒息的感受如此真实，真实到他每次都会从惊恐和缺氧中惊醒。

灵力少管所最新毕业的一批学员，成绩优异的重新回归圣殿，而那些有待提高的、贪婪无知的个体，他们往往单独，或者被和其他几个组成一个新个体，重新关进不同层次的牢狱里。在想要重新开启牢狱星门前，他们要做好永远被抛弃在里面的可能。老实说，永远陷入感知贪婪，就要永远被封印，别无选择。

这个听起来很公平的规则，让大家都努力进修能量规则，不一定能重回圣殿，但是当一个星门管理员还是不错的。灵力少管所里，每天都会有新人报到，有的是直接从圣殿被罚来到这里，有的是从监牢里修得力量后重回到这里，但是不管是何种方式，他们唯一的一个共性，就是都没有了记忆。

而每一个月会有一次记忆审查，那些还有记忆的灵力要被重新打回监牢。老师伊莎贝拉－3333说，记忆也是一种贪婪。

离考核的日子越来越近，伊莎贝拉很惶恐，因为在她能量场里不仅存留星星点点的记忆，而且是所有伊莎贝拉的感知记忆。按照老师伊莎贝拉－3333的讲解，她的到来并不符合任何一种情况。自己会不会是一个系统的漏洞，或者与不老灵力的私自结合是违反规则的，关于自己将会被如何处置，伊莎贝拉有一种非常不好的预感。

这天，伊莎贝拉众议厅举行了公开会议，所有的伊莎贝拉聚集在大堂。而会议的内容就是老师伊莎贝拉－3333上次提过的，关于愚蠢的地球人类"文明"该如何处置的问题。

法官伊莎贝拉－001拿着一本手册，翻到人类与AI的那一页，然后站起身说："问题很简单，撕了这一页，然后重塑一个监狱，帮助众灵改造。"

"我不赞成，"法官伊莎贝拉－008放下啤酒瓶，打了一个嗝继续说，"地球还有得救。"

"拜托，你明明就是为了你自己，从地球监牢里能成功服刑出狱的灵力比你喝过的啤酒还少。那就是一个该舍弃的能量转换系统！"法官伊莎贝拉－005嘲讽法官伊莎贝拉－008说。

一时间，台下的"伊莎贝拉"们之间炸了窝，因为没有几个灵力记得有关地球的任何事情，甚至对很多"伊莎贝拉"们来说，这是一个新词。

"该死的，我今年还要完成业绩，赶快决定好，不要在这个破执法部门干了！天天除了面对这些蠢货没别的事情！"法官伊莎贝拉－009抱怨。

几个法官聚在一起，小声讨论地球的问题，台下的"伊莎贝拉"们都在用灵力偷听，就好像麦克风说的一样清晰。地球就像是黑洞一样，从前试图进去修补能量漏洞的灵力，没有一个能成功完成任务回来的，大部分都在里面沦落为人，不停地转生，无穷无尽。

"我可以。"伊莎贝拉发出声音。

所有的民众和法官伊莎贝拉们都震惊了，法官伊莎贝拉－004把她升上半空，在众目注视下，她问："伊莎贝拉？"近视眼的法官伊莎贝拉－004擦了下眼镜，然后仔细地看着伊莎贝拉，继续说，"哦，伊莎贝拉－$\sqrt{3}$，新来的，你知道自己在说什么？这可不是一般的任务，地球可是众所周知的烫手山芋，你怎么有自信？"

"因为我就是从那里来的！"伊莎贝拉说。

一时间众人又议论起来，为什么这个新人会有记忆，而且听起来还不少。

"保留记忆可是重罪！"法官伊莎贝拉－001严肃地说。

"我没有想保留，我本来也不是来接受惩罚的，我是在宇宙嘉年华的时候，偷偷溜进了地球的星门。"伊莎贝拉说。

"什么？"几个法官异口同声地说。他们面目狰狞，好像恨不得要当场把伊莎贝拉－$\sqrt{3}$活剐了。

台下的未成年犯们忽然对这个新人刮目相看，就好像外星人莅临一样，幻想着她有其他所有人没有的超灵力。

然而，事实如大家所料，众法官裁决伊莎贝拉－$\sqrt{3}$因违反宇宙条例，被关回地球，永不出星门。

可是就在法官伊莎贝拉－001宣布这个审判时，伊莎贝拉听见法官伊莎贝拉－002用灵力对她说："这只是做给这些蠢蛋看的，我们还是希望你能成功改造地球，如果你完成任务，一定会向总部报告，给你无限的荣耀。"

两个法官完全不同的解释同时在伊莎贝拉体内回响，把她的灵力完全扰乱了。

法官们见她状况不好，直接把她又传送到地球星门。几个负责安防工作的给她解开手铐，可是星门门口的管理员不在，需要他盖章放行。

"关键时刻，这家伙怎么又不见了？"其中一个安防人员说。

"去上厕所了。"伊莎贝拉回答。

"你怎么知道？"另一个安防人员问。

"因为我就是这么溜进去的。"伊莎贝拉笑着说。

几个安防人员为了准时完成任务，她们只能忽略了盖章的手续，直接把伊莎贝拉再次推回了地球这个牢狱。

这一次，伊莎贝拉是带着能量规则手册回到地球炼狱的，带着无数灵力的叠加，而不再是上次一个一无所知的小鬼。她在触发意识的灵点处标记下了特拉文的名字。这件"微不足道"的小事很有可能在未来的某个时空点被混乱的灵力所湮灭，而能够打开这个灵点的咒语就是——肖·维尔克。

2

奇怪的声音控制了光谱的振动节奏，眼睛误以为自己对世界有误解。你前天给我讲过的故事，在此时此刻上演，如同一个爆笑的商业喜剧，我已经准备好看完了再次忘记。蝴蝶落在唇边，低语道春天即将到来。我换上色彩斑斓的新衣，兴高采烈地翩翩起舞，新衣迎风飘荡，可是蝴蝶还粘在唇上。然后发现自从得知春天莅临的好消息以后，就再也没有说过话。我试图驱赶走这只懒惰又骄傲的蝴蝶，不停地用手掌捏动着嘴唇，可是终究没有成功。终于，蝴蝶不是蝴蝶，它只不过是我的三个手指。

厨房里的餐具架开始晃动，花瓶摔碎在地上，新鲜的泥土撒了一地。特拉文赶紧放下嘴里没吃完的三明治，里面夹着的三文鱼也掉在了地上。他跌跌撞撞地躲进桌子下面，就像所有求生指南里描绘的一样，像个呆子一样蜷缩在底下，用尽力气抓牢桌脚。挂着丢勒作品的那面墙慢慢出现裂痕，特拉文努力伸直手臂想要拿到掉在不远处的手机，可是这时丢勒的画刚好掉了下来，重重地砸碎了他的手机。他隐约听见手机里传来某个熟悉的声音，它断断续续，却焦虑不安："伊莎贝拉……杀了……宇宙……所有的……都是自私的假设。"

没错，这个声音像极了自己的声音。他透过桌面，又透过房顶，看见了一艘奇异形状的飞船在地球的上空爆炸了，无数闪着光的时空体扭曲着飞向地球。它们穿越大气层的时候，被化成了瑞雪，飘洒在寒冷又温热的气流中。那些飞船的残余碎片割碎了地球的时间线，撕碎了空间轴，壮美而惨烈。

灵石的破碎、海浪的咆哮、婴儿的啼哭、树木被烧焦、街角的啜泣声、音乐会上的掌声……这一切好似自己一张专辑里的不同单曲，不论你是顺序、倒序，还是随机播放，都有让人捉摸不透的沉醉。

特拉文手里紧握的桌脚，渐渐分散成微小的粒子，就像一把沙子从指尖毫不留恋地告别了。然后是桌顶、花雕椅子、漂亮的吊灯、墨绿色的墙纸，这个世界都消融成微粒以后，特拉文的身体也开始发生一样的变化。他惊恐得说不出话，甚至忘了呼救的方法。一直到最后，特拉文被吸进一片黑暗，自己也成了黑暗的一部分。

"你还在等我吗？"一个声音出现。

"你是伊莎贝拉？"特拉文露出了一丝解脱笑容，夜色更黑了。

"我来带你离开这里。"伊莎贝拉的声音说。

"可是……"特拉文犹豫着。

"你被太多罪与罚捆绑住了，最近的一次就是犹太男孩的再次出现。"伊莎贝拉说。特拉文没有否认，但也出于某种原因羞于重述事实，更不想计较伊莎贝拉是如何得知的。

"没关系，那就一起解决这件事情，再离开。其实我回来也要修正这里的一些事情。"伊莎贝拉的声音越来越模糊，最后消失在一丝光亮里，只剩下特拉文的黑暗力量在自我斡旋。

"你害怕吗？"海浪拍打在沙滩上说。

"是的，但我却不知道在害怕什么？"一粒沙子说。

"可以害怕，但它是没有对象的，因为害怕是你自己的一部分，就像终有一天，你会成为我的一部分。"海浪说。

海浪退去的时候，在沙滩上留下了一张人脸的面孔，特拉文说："原来这就是我自己。"他跪在地上，双手恭敬地放在两旁，就像某种仪式。头低下去的时候，屏住呼吸，用力深深地把脸庞烙印在沙粒中。起身的时候，沙滩上果然留下一个深深的印记——他的脸庞。可是他听见海浪们传来的讥讽声，然后他自己也不禁跟着大笑了起来。下定义，大概就是这样一种愚蠢的自我说服。它和特拉文大笑着离开时，和旁边留下的脚印一样，风一吹就不见了形状，单单铺在了其他沙粒的表面。

　　恐惧过后，哀求自己可以放过自己，这一场没有尽头的救赎，到底是谁在一手策划？轻描淡写的回忆竟比不过孩童爽朗的笑声，只是特拉文的记忆力，自己从未是个孩童，仅留下不断被下定义的时间线。而这些扭曲的时间线，终究会成为侵蚀他自己的恶魔。眼泪和忏悔都无济于事，简单地下个定义，以为祷告就可以召唤生命的海浪，纯粹得多么可笑。既然找不到能载你前行的海浪，抓不住迷幻的亚特兰蒂斯城，那就放心去随风飞行。一个沙粒，它的飞行可以没有意义，可以没有方向。

　　清晨的阳光透过窗帘，洒在特拉文的脸庞上，让瘦骨嶙峋的他看起来多了一丝生机。当他睁开眼的时候，关于追寻海浪的梦已经被下定义为某种时间线，他厌恶它们的存在，却不能像醉酒后砸碎丢勒的画一样，把它们都粉碎。因为这种扭曲时空的能力，或者说愿望，就好像预备把脸埋进沙粒中的人一样愚蠢。

　　长久的漂泊后，特拉文终于等来了伊莎贝拉梦的召唤。他兴高采烈地走在去心理咨询师办公室的路上，想要把这个绝妙的好消息告诉给自己最好的朋友。这条路很长，走得他竟不觉掉下了一滴眼泪。一直到黄昏，到阳光被小小的丘陵遮住的时候，他才想起，自己已经不在那个城市了。他不知道走了多远，不知道自己身在何处，找不到自己的海浪，蹲在路边号啕大哭起来。

"小伙子，你还年轻。"路过的一个拄拐的老头安慰他说。

"不，是你还年轻。"特拉文苦笑着说。

没有遇见亚特兰蒂斯可以归结为运气不好，可是天空都容不下你的翅膀，这一定是某个幕后黑手的杰作，就好像那幅令人憎恶的丢勒的作品。

深处不凡却难以自知，用最平凡的残酷割裂每一寸皮肤，见到血的时候，才肯满意地承认匍匐而行的终极意义。不断地肯定自己的每一个肯定，然后自知很幸福，再把这份"幸福"传递给其他沙粒，于是就有了海滩。一层层数不尽的苦恼混沌不堪，彼此言语中互带轻蔑、诋毁、吹捧以及欺骗，这是一个了不起的王国，更是一段了不起的谎言。

如果特拉文流泪了，那么王国就更加牢不可摧，因为沙粒混合了泪水，就变成了水泥和钢筋，最后成为真实世界。而后，还会迎来更多的期待、鲜花和掌声。那些浮在表面的沙粒如果不慎，被一阵微风带入飞行的队伍，将会成为被嘲笑的对象，甚至被下定义为灾难。特拉文被残酷地压在离地壳最近的地方，他一边听着金属熔化的死亡召唤，一边也能听见天空中那些在地磁保护中飞行的沙粒的惊恐。

"怕什么？！"他擦干了眼泪，讥讽地反问自己。

3

穿好嫁衣的时候，准备迎接晨光，洗干净了三根手指还有可怜的嘴唇。终于想清楚，期待已久的新郎是披着幻想外套的浪漫情节。展开翅膀迎着他的方向飞去，终会发现，他就是你的其中一个翅膀。没人知道飞翔的意义，却也不忍割舍自己的翅膀。讲故事的时候，才明白讲的真的是故事，也是真实的故事。描绘画面的时候才看清，自己就在画面之中。蓝紫色的外星人坐着豪华马车从身边路过，傲娇地向你点头示意，此时你更加混沌了飞行的伟大，以及记忆的欺骗。

回家的路上经过一片丘陵，从来没有阳光可以塞进里面，就像一个固执的小顽童，拒绝无趣的光明。当你试图拥抱他，就会发觉他离得很远，但当你站在原地微笑时，就会发现自己置身于其中，那一定是你第一次在黑暗中闻见希望光辉的味道。

从前有一个苦行僧，他从来不会哭，事实上，挂在他脸上的时常是温暖的笑容。因为这样，就不会被称为"苦行僧"。因为抵抗，会变成"异类"。关上门，他还是不能做回苦行僧。那道门的后面，不仅是他自己，还有很多其他声嘶力竭的沙粒。

"我们打个赌，那里不是个牢狱，而是乐园，他们在撒谎。"特拉文看着嘉年华的开幕幻影说。

"那可是一个在生死之间不断轮回、饱尝苦痛的地方。"伊莎贝拉说。

特拉文拉着伊莎贝拉冲进了无限的灵力中，准备好好享受这一次盛宴。可是，也许从一开始迈进嘉年华的第一步，正是走进炼狱的第一步。究竟是被赐福，还是被惩罚，还是两者的定义都不准确，只不过是一个没有理由的谎言。

"歪着头是什么感觉？"伊莎贝拉观赏着来自地球炼狱的艺术品。

"抽烟是什么感觉？"特拉文充满好奇地环绕在这个幻象区。

"那歪着头抽烟又是什么感觉呢？"伊莎贝拉又问。

"这哪里看得出是惩罚？"特拉文歪着头问。

直到一只蝴蝶从幻想作品里的人眼前飞过，那个人才放下手里的香烟，追在蝴蝶后面，脸上露出笑容。

"他为什么要咧嘴？"伊莎贝拉疑惑。

"可能那个蝴蝶是他的好朋友，就好像我们一样。"特拉文说。

"也可能他想要吃了那个蝴蝶，就像我可能把你吃了一样。"

伊莎贝拉开玩笑。

　　世界每次被撕裂的时候，都伴有鸟儿的嘲笑。再多堆砌的文字也数不清那些不公正，伊莎贝拉以为自己可找到所谓公正背后的失败者。然而这个企图不过是那些居高临下的灵力们，他们脱口而出的另一个谎言。只有源源不断地注入这些纯粹又"愚蠢"的灵力，这个不卖门票的游乐场才能继续运行下去。旋转木马上的白马不会因为饥饿而逃走，鬼屋里的鬼也不会因为害怕孤单而祸乱人间，那些咧着大嘴巴的小丑才愿意隐藏自己后面那张恐怖的脸。

　　做梦有什么好惧怕？恐怖故事有什么好惧怕？即便是真实又有什么好惧怕？伊莎贝拉忽略了惧怕只是这些罪人他们用来证明自己存在的方法。她拼命地巡捕惧怕的真凶，自以为可以调节这个自由"牢狱"的能量平衡。而事实是，惧怕本身就是这个能量规律的本质。她成了一切谎言合理化的替罪羊，一只沉默的羊羔。

　　唤醒人们的共情，也不过是意识叠加的重演，伊莎贝拉兴高采烈地以为这是弥补系统漏洞的一个很好的办法。可是叠加太过紧密的沙粒，随着岁月的洗礼，早已化成了坚固的灵石，牢牢地被嵌进这个充满叫嚷声的笼子里。

　　这些不愿悔改的灵力们，究竟为何愿意久久被囚禁而不忍离去，还是他们真的有太多罪恶需要救赎？该归咎于扭曲不定的时空，占领不了的灵魂高地，还是甜滋滋的红色血液？伊莎贝拉迷茫在各个空间里人们的争吵中，他们相互纠缠着却又不自知，愚蠢得令她有些恼火。想要带沙粒走出迷宫，免不了自己要先进去，这简直就是个笑话。可是伊莎贝拉还是一边嘲笑着自己，一边打开迷宫的大门，门口写着：今日店庆。

进入迷宫的第一件事，便是找到被分割开的特拉文的灵力，在无数次失败的尝试后，她才明白，这些被惩罚的灵力并不是在服刑，而是在经历赤裸裸的大屠杀。

寻找特拉文并不是一件难事，或者说是易如反掌的事情，因为每一个迷宫的转角都有一个被牢牢捆绑的特拉文。每一个听不懂伊莎贝拉暗语的特拉文，不论他们的暗语争论有多激烈，用多恶毒的言辞刺激彼此，最终，特拉文总是记得向伊莎贝拉做一次没有理由的道歉。

"没有用的。"特拉文们总是在重复着一句话。

只有在地球某个时空的这个特拉文，还在迷茫且有些焦虑地等待着伊莎贝拉的许诺。纠正一个时空的谬误，也许就是拯救整个体系的开始。虽然伊莎贝拉一直这样安慰自己，但是特拉文内心被紧紧缠绕的情感和思绪，让此刻"无所不能"的伊莎贝拉也会感觉力不从心。

他对这个世界充满了歉意，比如时空交错产生的犹太男孩；他对自己的存在产生了严重的质疑，比如他制作的缺乏能量的音乐；他对伊莎贝拉甚至也还有所保留，比如他总是要去找"好朋友"——那个心理医生去论述自己的新幻想……诸如此类，时而令伊莎贝拉忍俊不禁。

透过窗户，特拉文看见对面大楼里的一个女人，坐在桌前一动不动。房间的灯亮着，可是女人的心情是灰暗的。然后灯忽然灭了，特拉文还是目不转睛地看着那个方向，虽然眼前已是一片漆黑。贴在窗户上的床单，也遮不住那个房间里还在发光的力量。特拉文不忍心眨一下眼，因为捕捉到这样的"光亮"并非易事，就好像在梦里伊莎贝拉消失在里面的光亮。只有微弱到肉眼无法区分的亮度，却带来了心如刀绞的体验。不需要明火，特拉文的眼光竟然点燃了那个破旧的窗帘。

"请把我埋得浅一点儿。"这句话不停地在打乱特拉文的思绪。当他走在林荫小路上的时候，当他和大象对视的时候，当他低头想用左脚踩住右脚的时候，当他刻意地裸身蹲在马桶上的时候，它们环绕在耳边，是每一个字符，是跳动的音节，是锋利的尖刀。

伊莎贝拉仰仗着无穷的灵力，一意要篡改时空，于是有了她和特拉文偷偷添加了溜进地球牢狱的情节，添加了二战中被活埋的孩子们，添加了山羊旁边安静休憩的狮子。为了唤醒特拉文，她不断违背能量规律，一直在给这个世界"下定义"。

而事实上，嘉年华的那一天，伊莎贝拉独自前行。她去的目的，并不是为了体验"毒药"。而是为了再次尝试拯救一个叫特拉文的灵力，在几十亿年前，他就已经被判了重刑发配到了地球。嘉年华是她接近特拉文，或者说感知他的最好途径。当所有灵都在观赏五感的惩罚时，只有伊莎贝拉不停地在不同时空中翻阅着好友特拉文的影子。

每次伊莎贝拉都会因为不稳定的灵力，在刚刚捕捉到特拉文的身影时，就又丢了他，消失在无尽纷扰的地球时空中。如果感知是惩罚，那么打开牢狱的钥匙同样是感知本身。经过数亿年的成长，伊莎贝拉终于可以稳定住时空囚笼里的不稳定力量。但是特拉文根本听不见她的召唤声，还有啜泣声。

　　"到底怎么样才能让你感知到我感知到的？"伊莎贝拉说。所有灵都离开了嘉年华，只剩下伊莎贝拉自己呆呆地望着那个时空囚笼，她开始能闻见甜美的血腥味，它们越来越强烈。这让伊莎贝拉十分担忧，好像悬在烟灰缸边上的香烟一样，特拉文的灵力有可能就此湮灭。

　　"只有你先去感知他的感知，他才能感受到你。"星门管理员一边扫地一边低头说。

　　这是伊莎贝拉第一次祈求管理员打开星门，把她也推进那个炼狱。起初的几次尝试，都非常短暂地结束了。因为还没等伊莎贝拉找到特拉文的时候，她就被不同的感知诱惑，比如冰激凌的甜蜜，落日的余晖，爱人间彼此的亲吻，橡树下嬉戏的孩子们，当然也有令人聒噪的争吵，分割的行为，生命的传承。每当伊莎贝拉陷入这些沼泽里的时候，星门管理员就会马上把她召唤回去。

　　"你一定要屏蔽这些感知。"管理员说。

　　"可是你不是说要救特拉文，就要先感知到他的世界吗？"伊莎贝拉不解。

　　"那也是在找到特拉文以后，你不能小瞧那里的任何一种幻象，它们都能让你死在里面。"管理员警告她说。

"什么是幻象？"伊莎贝拉问。

"最古老的定义，称它为肖·维尔克。以后你就知道了。"管理员说。

真实的期许

1

死亡拿出最华丽的晚装，声称自己就是伟大的牺牲。

生命脱下唯一的衣服，赤裸裸地站在寒风中沉默。

昨夜风雨交加的时刻，感知偷走了生命价值连城的破衣服。

罪人以为自己能活到天长地久，在伊莎贝拉的感知里不过是永恒的当下。像随意可以倒流的音乐，那个人说的不再是"Number 9"，可惜这么巧妙的暗语，人们捂住耳朵，把它拒之于门外。

在无数的尝试中，伊莎贝拉遇见过特拉文深夜中辗转反侧；遇见过他因为蓝莓味糖果的售空而莫名失落；遇见过他迷失在深夜的丁字路口；遇见过他陷入杀意的困扰；遇见过他沉浸在完美爱情里的模样；遇见过他在画展上注视着一幅被遗落在角落里叫作《星空》的画；也遇见过他坚决地割掉自己耳朵，然后露出微笑；遇见过……遇见过特拉文成为草丛深处的一块石头，被一条凶恶的蟒蛇盘踞着，但仍发出微弱的光亮。

这些完美却又不完美的特拉文，形形色色，都最终会消散在时空牢笼以外的被叫作宇宙的地方。然后像单曲循环的音乐，又没有道理地回到星门的起点，变得更加微弱，更加不认识自己。

伊莎贝拉尝试从星门后，活捉一个最纯粹、原生的特拉文，可是这个计划仍然失败了。管理员叹着气说："I told you so！"

这个伟大的监牢设计简直完美得有些不堪，天真地想救赎一个刚开始就被剥夺所有感知的灵力，简直就是天方夜谭。灵力这杯咖啡需要甜蜜的感知来吸引深山里疲惫的猎人，但是糖多了，猎人永远都不会明白杯子里盛满的其实原本是苦涩的咖啡。每一个伊莎贝拉设计出的时空轴，都在破坏着其他时空的平衡，但她坚信自己是高层特指的监督员，这一点点的扰乱在她看来不过是修正的一小步。伊莎贝拉在所有自己的设计品中寻找着有可能诞生出的、最非凡的特拉文，完成这个任务然后一起回去。

然而失控的局面，大概是伊莎贝拉同时设计出不同幻想时空局的同时，真真假假的特拉文混淆了她的遥视。特拉文在无数个思想的假设和有限个能量的割裂中重生，不仅仅打乱了原本的设计，也捆绑住了伊莎贝拉一丝的感知。面临割裂的特拉文，那种灵力痛苦的嘶吼，是伊莎贝拉区分所谓真假的唯一方式，可这也同时是她真真切切感知到痛苦的时候。试问有谁不厌恶这种感觉呢？至少活着的人都会。难道我也成了活着的罪人？伊莎贝拉心里想。

再悲戚的文字，再混乱的音符，也形容不出一个带着猎枪准备去救赎别人的人的感受。因为他穿着猎人的外套，说着猎人的林间脏话，温热的心最后一定要使尽全身力气，每一脚踩在植被的血管上，听着它们哭泣的声音，然后淡定地继续前行。最后遇到貌似值得自己举起猎枪的生物，希望它留下来倾听和希望它学会逃离危机的两种不同渴望，在这片森林里不断地叠加。

不久，这样的叠加就会引来老虎、狮子、猎豹、剑龙、巨齿龙，流着绿色口水的深蓝怪兽……所有曾在自己的时空局里被封为灵魂捕手的王者们。老虎打着哈欠，狮子流下眼泪，猎豹停下脚步，巨齿龙发出类似安慰的嘶吼，深蓝怪兽开始自我憎恶。

每一个特拉文在伊莎贝拉的猎枪之下，即便弱小得微不足道，但是她仍旧希望随着一声枪响，这个完美得不堪的设计露出破绽，让她感知到这个罪人本该有的光芒。

再漂亮的时空局设计也敌不过这个牢狱本身的无缝构造，这不是改造灵力的地方，而更像是残酷的屠杀场。就像伊莎贝拉再完美的感知设计，也逃不过那句"请把我埋得浅一点儿。"有了光明的设计，随之而来的是黑暗，然后在这个奇妙体系的变换操作下，黑暗最后竟变成了本质的本质。伊莎贝拉一度迷茫在自己纷乱复杂的设计里，星门管理员遥视这一切，如同在看一个失败的恶作剧，一边吃着过期的薯片，一边笑得前仰后合。

无上的荣耀不足挂齿，能让她一直百战不殆的，竟然就是捆绑住罪人的感知。比如第一次把刚出生的特拉文抱在怀里，接生婆满足的笑脸；又比如讲台下，看着特拉文跟着自己一起学会给世界下定义；还比如穿着护士服，为特拉文清理后背惨不忍睹的伤痕，每次他都会说，这不算痛。

伊莎贝拉翻阅着时空局的词典，就是找不到一个关于痛苦的精确定义，每次企图尝试连通和特拉文的感知，都要努力迈过一个类似无知的鸿沟。但是当她为痛苦的定义手足无措时，就能感知到焦虑的定义。因为每一个因为无知而焦虑的当下，特拉文的灵力都在时空局中不停地被分割着。

这一次，当伊莎贝拉体会到绝望的时候，突然听见搅拌着的时空局里传来力量强大的啜泣声。她看见一个特拉文蹲在路边和一个拄拐的老人哭诉着什么，但是像他这样丑笑着哭诉的样子，还是第一次见。

"他丑得好奇怪啊！"伊莎贝拉说。

"你要再试试吗？"星门管理员说着梦话。

翻开那一页的时空局，伊莎贝拉纵身一跃，便来到一幅令人作呕的画作面前。特拉文正端坐着吃早餐，三文鱼三明治的奇怪气味和他狰狞的表情一样丑。

伊莎贝拉迫不及待地撕裂这个时空局的设计图纸，把被捆绑住的最后的希望释放出来。她来不及像从前一样顾虑他能不能接受这些诡计，或者惊悚到进了精神病院，甚至直接重回星门报到。伊莎贝拉被恐怖的焦虑侵袭着，疯狂地开始撕裂这个厨房的墙壁、桌面，还有那幅令人作呕的画。最后的一步，伊莎贝拉举起猎枪瞄准蜷缩着的特拉文时，掉下了一滴眼泪，这一次她感知到特拉文的解脱。这些是厚厚的时空局词典里永远不会，也不能阐述的内容。

巧合的是，失去所有财产的特拉文，竟然表现得和自己一样冷静，好像这一切已经发生过一般。这把释放所有黯黑的猎枪，丝毫没有吓到他，哪怕是一点点。伊莎贝拉放下猎枪转身离开的时候，同时体会到了那种令人愉悦的挫败感。

"我终于找到了！老爹！"重回星门的伊莎贝拉，第一件事就是紧紧地抱住还在昏睡中的管理员，欢呼雀跃地摇着他的力量时空局。

"不会吧！"星门管理员的这句话，不同于伊莎贝拉的感受，是真真实实的挫败感和焦虑感。

"我感知到了，他的每一个细节，这是我要找的特拉文。"

伊莎贝拉高兴地说。

"哎，"管理员收起时空局的能量，感叹道，"本以为……结果还是这样。"他感知到伊莎贝拉强大的疑惑，强忍住了眼角的泪水，逼迫自己继续昏睡过去。

2

　　我为你设计的世界开始啜泣的时候，其实我在欢笑。这种可怕的矛盾让你以为这个世界充满了敌意，所以下次当你参加朋友葬礼的时候，不要哭得那么痛彻心扉；失去挚爱玩具的时候，也不要怒吼到嗓子痛；遇到真爱的时候，也没必要高兴得自以为在飞翔。毕竟，这些设计是扭曲的，它远远没有这个炼狱完美，更没有那么不堪。

特拉文陷在伊莎贝拉为他分裂的时间轴里，他们不断重叠，成了心理医生眼中的"亚健康"状态。但是被嘲讽收费太高的时候，她也没想到这个疯子把她当成了"好朋友"。

一路颠簸到洛杉矶，这里的空间更大，速度也慢了下来，呼吸也不再那么急促。小声对雨滴倾诉，它们也听得清，不管是用文字还是旋律。一切都可以终结在当下，就等着伊莎贝拉履行诺言。但是一切并没有特拉文预想的那么简单，因为他感知到了这个神秘灵力也会无力。他不敢让自己的大脑在睡梦中仍然保持清醒，因为假如思维活跃在梦里，自己一定会追问她不安和无力的原因。人们都祈祷有一种无懈可击的力量可以拯救自己于危难，否定它的存在时产生的不情愿，不可避免，就连大马路上的小猫，也不愿意承认是被主人抛弃了。人们永远不能理解，打开冰箱，取出三文鱼然后夹在吐司里，做成令人作呕的三明治，这一系列动作在小动物的眼里，是多么神奇。这些超过了他们的感知和语言表达能力，因为他们比人类更深陷于时空局的旋涡中。一段你很欣赏的节奏和律动，可能让他们恐惧，甚至正在扼杀它们。

可惜又庆幸的是，这些奇异的感知是呈现边际效益递减的。具体地说，就比如那些麻木而又物化的灵魂，到底是自我扼杀还是在自我保护？特拉文醉倒在广场的喷泉旁，手中酒瓶里装满的到底是酒精还是身后的清水，结果都是一种自我扼杀的保护。

特拉文的确犯了罪，被惩罚至此。霸道的牢狱规则就是，老老实实接受刑罚，却剥夺你犯罪的记忆和反思的捷径。一定要你陷进阴险的感知诡计中，上瘾到无法自拔后，再无情地收回。好笑的是，有很多服刑的罪人，他们想要报复这个世界时，竟然感知并运用了与此一样不堪的诡计，只不过没有一个人承认自己也是受害者。

伊莎贝拉在喷泉的另一侧，用手拨弄着清澈的泉水，微弱的水波层层地推向特拉文的身后。不一会儿，喷泉的速度渐渐降下来，带着寒气的透明液体顺着伊莎贝拉的手臂溜进水分子的空隙里。清澈的泉水凝结成了水晶，还有点滴凝固在空中的水滴。街道的灯都熄灭了，只有这个冰泉发着耀眼的白光。特拉文的略显颓废、亟待修剪的长发也被冻结在了冰泉里。

白光侵蚀一切的时候，特拉文迅速起身，本能地要逃离。那几根冻结在水晶中的头发却倔强地抵抗，它们斩断了自己和同伴共同的本源，生生地拉扯掉特拉文的一小块头皮。特拉文呻吟着转过身，看见原本透彻的喷泉竟然被自己酒瓶里的红酒凝固成了一片淡红色的水晶。原来品尝的是自己血管里的液体，流出的竟是价值不菲的拉菲。

一切的真相都隐藏在自己的细胞里，特拉文在淡红色的水晶折射下，看见了那个犹太男孩不断重复那句话时眼神里的希冀。他终于再次感知到被推进星门之时，那种无法言喻的慌张和惊喜。他感知到那之后狡猾的时间局把自己玩弄于股掌之间的得意。他被多少感知的荆棘牢牢地锁死在梦里，这个如幻影如泡沫般的迷宫里，就差那么一点儿，就要沦陷到黯黑的能量中，他不确定自己应该庆幸还是遗憾。

当透明的液体顺着伊莎贝拉手臂流进喷泉中时，那些她亲手设计的时间局作品，在懵懂的时间里，收缩成了一个奇点，被水波推进到特拉文的身后。这个奇点揪住特拉文的发丝不肯放开，溜入毛发的细孔，然后在里面又膨胀成一个个奇异的时空结构，彼此纠缠和叠加。这种幻想打乱了特拉文的计划，把他带回了真实，那些惨不忍睹的真实。

透过淡红色的水晶，他看见伊莎贝拉扭曲的身影。伊莎贝拉妖娆地跳起舞，唱起了一首熟悉的歌，但是歌词听来听去，只是用不同韵律和语言在重复着一个词：肖·维尔克。特拉文想要拥抱住这个失散已久的老朋友，发疯一样不惜冲破美丽的水晶，向伊莎贝拉奔跑过去。可是第一脚就又被纷扰的幻想纠缠住，溅起的水花浸透了他的衣服，整个人扑倒在一直哗哗作响的喷泉里。

"先生，在这里嬉水是要被罚款的。"一个声音从水面之上传来，他的面孔在水分子的折射下，竟没有半点儿扭曲，完美得无懈可击。

"五千美金。"保安说。

特拉文冲出水面，不解地盯着他。

"噢，主要是您的酒洒进了喷泉里，我们要换水，还有设备维修……"保安解释着，可是特拉文听见的声音越来越微弱，他的声带振动，空气分子的振动，还有喷泉的诡笑……原来，逃离时空局才是伊莎贝拉的心愿，贪婪这些感知的人从头到尾只有他一个人。而斗兽场里，她那句"也梦见了星门"，是另外一个了不起的谎言。

解绑感知是唯一逃离的办法，那些享乐过的，统统都要还给这个炼狱，丝毫不差，这才有可能换回救赎。纠正错误，这是一个恐怖的下定义过程。伊莎贝拉冒着摧毁整个炼狱的风险，把自己的灵力分给了特拉文，可是他却用这力量重新翻开了本已经收缩在发丝之中的时空局。因为有一个关于犹太男孩的遗憾，还有尚存的达尔芬奇的手稿，这些错误的时空分割，都需要他亲自去清除。

3

    这不是无病呻吟，病人大叫着。医生们赶快捂住了他的嘴巴，因为天亮之前，医生还想要做医生。可是天到底什么时候能亮，太阳到底是不是一个谎言，我们不得而知。举着蜡烛走在盘旋的长廊里，忘了这里是谁的住所，但是你我都确定，这里有一样东西是本来属于我们的。

    于是烛光们焦急地聚集在一起，想要给这份不明财产下个定义，好像这样我们就离它更近了。但是慌乱之中，有人把燃烧的蜡烛掉在地上，紧接着一道烈火一直顺着长廊伸向深不见底的黑洞。有人说应该跟着烈火走进去，因为那里有真相。有人说应该赶快撤离，以免丧了性命。还有人信誓旦旦地说，天亮之时大火一定会被光明浇灭，只要静静守候天亮的到来就可以。

毫无疑问地，伊莎贝拉也被他拉扯进了自己曾经设计的陷阱中。惶恐中夹杂着喜悦的感知，伊莎贝拉感知自己把能毁灭自己的弓箭，双手献给了一个仍未清醒的人。一把没有火焰的燃烧，捆绑着自己一路飞向深不见底的黑洞。特拉文在安详的狮子面前，亲手屠杀了山羊，并邀请它一起饱餐一顿。他在排着长队的冰激凌车后，偷偷安装了 TNT 炸药，几分钟后，冰激凌成为儿童杀手的最美代言。他在奶粉里下毒，在地铁里投放毒气，一把大火烧毁圣母院，播下瘟疫的种子，搅乱时间轴，让行驶的飞机凭空消失。他在向这个炼狱宣誓，他要凭一己之力毁了这个本不该存在的地狱。

　　特拉文一面在摧毁这些错误，而伊莎贝拉在另一面不断弥补着这些合理的错误。如果后悔也是感知维度里重要的一种，那么伊莎贝拉的能量振动里大概满满都是它。不论是谁，踏入星门的第一脚，他就已经不复存在了，而是一个被感染、被扭曲、被扼杀了的异形。这个宇宙里早就已经没有特拉文的存在，或者说，拯救他的期望也把伊莎贝拉推得离星门更近一步，她成为毫不例外的另外一个，一头跌入旋涡的牺牲者。

　　"没有谁真的可以拯救另外一个个体。"星门管理员抽着烟，自言自语道。

　　特拉文一意孤行，在炼狱里肆意地烧杀抢夺，成为 "罪恶"的执行者之一。他为自己的所作所为感到无比骄傲，他可以时常遥视到人们真正逃离这个鬼地方的解脱和喜悦。

　　"你还能做多少？"不老灵力对伊莎贝拉说。

"当初你就是这样被囚禁的吗？"伊莎贝拉问。

"没错，可是你也不是能走出去的例外，我们最终还是回来了。"他叹息说。

"我们到底是不是罪有应得，这个炼狱其实就是这些罪人们亲手打造的，对不对？"伊莎贝拉哭着说。

不老灵力沉默了，伊莎贝拉感知他渐渐消失在自己的时间局里。伊莎贝拉更愿意相信他只是累了想去休息一会儿，并不是在纷杂交错的时空惩罚中放弃了最后这一次挣扎。

"我知道，你回到玻璃缸里了，晚安。明天的太阳还会升起，你会看得见。"伊莎贝拉自言自语。

任何想要简化、分割、下定义、物化地统治这世界的手段，都只会让这个略显罪恶的时空局更加复杂，无法挽回。消灭的时候伴随着反抗，推进的时候一定也会倒退，不作为一样会分割出一个崭新的空间，点燃的东西同时也被熄灭，静止在绝对的当下成为这个炼狱的首要条例。没有记忆的人类，却总是随手丢弃当下，嚣张地向"现实"挑衅，不断用平行时空的出现证明自己的存在。

深陷于颠覆地狱懊恼中的特拉文，把自己的灵力叠加到无数的精英人群中，他们成立的组织叫作星光会。他们一致同意，用 AI 去剥夺人类的感知欲望，这是清理这个肮脏牢笼的最有力的方式。就算是达尔芬奇的手稿之事，也不足为虑。因为人们坚信 AI 可以创造人类的一切成果。"传奇"，又一个定义将被特拉文的诡计抹杀掉。从深处去摧毁罪人们的乐园，特拉文为自己这个了不起的创意而得意。

"一切就要结束了，伊莎贝拉，等着我。"特拉文一边在纸上写着"肖·维尔克"，一边坚定地说。

疯狂的销毁所有存在的痕迹，因为从此 AI 便可以思考，学习甚至创造，创造出那些"罪人"们可望而不可即的事物。直到最后，他们再也感知不到自己的存在，炼狱也就不复存在。

一个事故中丧失右臂的鼓手，在科学家们的协作下，安装上了最先进的智能手臂。他喜极而泣，因为他打出了比自己从前更稳定的节奏。越来越多的国家死亡人口上升，绝大部分的死亡地点就是死者家中。死亡现场往往有一个完美的 AI 伴侣，轻抚着爱人的额头。AI 制造的冰激凌更加美味，重点是不会再有炸伤儿童的风险。人们失去了趁着夜风独自散步的欲望，女人们再也不用化妆和减肥，因为 AI 替代品可以在公众场合举手投足间更加有魅力。那些曾经被称为"遗迹"的地方，门口只检查 AI 的 ID，因为没有人愿意多消耗一点儿时间在里面。他们自己已节省了很多时间，最后却成为时空局扭曲的牺牲者，因为这个宇宙在时间这个维度上，只有"当下"和"没有"两个定义。人类对死亡的惧怕，最初给了这个炼狱时间的维度，在恐惧的怂恿下，人们自己制造出越来越多的羁绊灵魂和捆绑自由的铁链。

伊莎贝拉看着自己曾经的设计品被大肆篡改，早已经面目全非。更准确地说，罪恶的繁杂越来越不可阻挡了。而特拉文还在为自己的所作所为得意扬扬。伊莎贝拉试图与他连接，都被他罪恶的思绪成功地拦截了下来。于是，她只能静静地感受着特拉文每时每刻的不可一世。

伊莎贝拉再也听不见星门管理员的召唤，她在这次旅行里迷了路。唯一能协助自己的特拉文，却把自己拒之千里之外，还自以为离伊莎贝拉越来越近。特拉文的终极计划进行得非常顺利，麻木的人类终被 AI 统治，这个世界被思维合理化了。那些束缚无辜灵性的牢笼终于要被打破了，特拉文看着手表，翻开时空局的某一页。他停在了 AI 纪年 2048 年，电话被拨通，那边的声音重复着星光会的奇异语言。

"末日的狂欢可以开始了，倒计时六秒钟。"特拉文平静地说。

此时城市里的高楼大厦都被 AI 军队封锁，人类被囚禁于家中，门口贴上了印有 AI 身份的封条。所有的角落都被 AI 安装了降噪处理设备，整个世界安静得只有特拉文可以听见微风声。

巨大的粒子风推进器被安装在亚特兰蒂斯的海面上，触发的那一秒，将引发所有灵力发出响彻天空的痛苦呻吟。而后它们将叠加着亚特兰蒂斯人的秘密，震碎并摧毁所有的平行宇宙。

"6、5、4、3、2……"还没等特拉文数完这几个充满力量的数字符号，他手里的时间局手册竟然开始强烈震动，然后是桌子，窗口，墙壁……似曾相识的画面里，特拉文莫名地躲进桌子底下。他伸直了手臂想要拿到不远处的手机，本来空旷的墙面上竟然掉下一幅令人作呕的丢勒作品，狠狠地砸碎了手机。这个炼狱的最强者竟然慌张地抓紧桌脚，就好像地震安全求生指南里的动作一样规范。不出所料，历史重现，桌角开始化成浮动的粒子，然后是桌面，墙面。只是这次他抬头的时候，没有庞大的飞船，没有爆炸物击落，只有狭窄而粗糙的桌底。

特拉文的四肢、内脏，还有呼吸，它们最终也融化在这片黑暗里。

"今天我所做的一切，都是为了让你真的记起，谁是伊莎贝拉。"熟悉的伊莎贝拉的声音终于出现了。

"我就知道只要纠正了这些错误，我们一定可以回去，你终于来了。"特拉文激动地说。

期待着伊莎贝拉回应，特拉文在黑暗中不停地渲染着黯黑的力量，这样光明的伊莎贝拉就会容易被察觉。

"请把我埋得浅一点儿，这样妈妈就能找到我了。"没有等来伊莎贝拉的回应，等到的却是这个久违的犹太老友苍老的声音。

这一次再没有一丝光亮出现，焦急的特拉文失去了意识，融化在无尽的黑暗里。

当特拉文再睁开眼的时候，自己正坐在一辆出租车上。

"你是要去伊莎贝拉大区中心车站吗？"司机问道。

特拉文看着车窗里反射出的自己脸庞，这是一张陌生的脸庞，他摸着自己的脸颊说："我想我已经找到伊莎贝拉了。"

特拉文叫司机停在路边，下车付钱的时候，钱包里掉出一张ID，上面写着：沃克·内森，诺兰49街，304号，伊莎贝拉三区。

不可触碰的对决

1

　　猜想的事情总是不得人心，违心的表情总是环绕着掌声。说晚安的时候，就是失眠的时候。传言知道夜空里最亮的是哪颗星，就可以被封为国王。人们都瞪大眼睛直到布满红血丝，也不敢眨一下眼睛，因为没人愿意被奴役。结果最后被封王的是一个盲人，过了这一站，希望下一个国家不再是这样滑稽。自以为坐在行进的列车上，但是车始终没有发动。所有人都陷入这一个国度，将滑稽进行到永远。

沃克用食指轻拂着玛丽食指上无法愈合的伤口，低声说："肖·维尔克。"玛丽竟慢慢睁开了眼睛，Jeffery 万分惊喜，赶快叫来了医生。

"我不知道自己该为这个世界的滑稽道歉，还是我所作所为的滑稽道歉。"沃克说。

"离开这里。"玛丽说完，又闭上眼。

一阵心电图的平静后，医生确认了玛丽的正式死亡。

这个噩梦惊醒时，沃克忍不住发出尖叫。因为玛丽的声音过于真实，就如同她的死亡。在这个气泡卧室里，根本听不见自己的声音。这让他更加惊恐了，沃克尝试着大声嘶吼，可是这里还是一片寂静，这让他毛骨悚然。特拉文 B3303 — VSSACR，这个胸牌掉落的时候，竟然悬在半空。可是这个椭圆气泡却可以被沃克脚踏着转动起来，和被囚禁的仓鼠不一样的是，沃克并不享受。

"特拉文到底是谁？"即便听不见声音，沃克还是自言自语，如同一个默剧演员。

沃克沉思了一会儿，然后又坐回到床上，试图进入打坐冥想的状态，就像小时候母亲教自己的一样。

伴着鲜草香，玛丽和小沃克在公园的草坪上一起享受午后的阳光。

"当你面对无法解决的问题时，就把自己扔掉，把世界扔掉。"玛丽对小沃克说。

"那你的伤口一直不愈合，为什么还不把世界丢掉？"小沃克问。

"因为它是所有世界的出口，是丢不掉，也不能丢的。"玛丽说完高举起手，那个裂口在阳光下还透着血肉的腥味，伴着青草味，令人沉醉。

"世界不是唯一的吗？"小沃克看母亲的伤口说。

"你可以把它想象成唯一的，但是永远不要期待它有终点和边界。"玛丽回答。

那天，玛丽教会小沃克如何打坐，在宁静的青草地上，他们一起经历了山川海流，星河交汇，一个无法定义的世界。

沃克用食指轻拂着玛丽食指上一直无法愈合的伤口，说："你终于来了。"

"这是我想说的话，事情进行得怎么样了？"乔治·内森站在门口说。

"谢谢你把沃克抚养长大，他是一个很优秀的继承人。"玛丽说。

"你该感激他，因为他可能是你的救星。"乔治说。

在猎杀人类的终极计划中，伊莎贝拉把自己的残存的灵力都化作了力量十分强大的时空局作品。它抹杀了终极计划的平行时空，造成了严重的量子污染的同时，也唤醒了特拉文。逃脱这个监牢，是伊莎贝拉给他最后的话。再次成功回到这个当初他们分离的地方——伊莎贝拉大区——这是他能够重回星门唯一的希望，因为在这里还有伊莎贝拉尚存虽然无迹可寻的灵力。

"他终于成功回到伊莎贝拉了。"哈尔高兴地跑到一个林中小屋前大喊。

只听一阵急促的脚步声，玛丽从身后抱住了哈尔，"上天，简直不敢相信这一切成功了。"眼睛里噙满了泪水。

那晚的星空下，特拉文向玛丽坦白实情。自己并不是一个真正属于地球牢狱的人类，他在一场混乱的时空激烈对撞后，不停被羁绊在不同时空中，回不去能够拯救他的伊莎贝拉大区。听着这个原本古怪的教授的话，起初玛丽以为他是在长久的研究中走火入魔了。

但是，当特拉文咬破她的手指时，月光下，他的双眸发出了玛丽从未见过的智慧的光芒。她记得那是蓝色的，至少她对哈尔是这样回忆的。

"我感知到自己又开始能量不稳定了，很快会消失，"特拉文犹豫了半天，继续说，"你很快会生一个孩子，这是唯一继承灵力的希望，在这个时间线上，你们很快就会迎来 AI 的危机，这孩子是解救一切的希望，包括我自己。"说完便转头离开了，留下玛丽一个人在铺满月光的小山坡上，看着自己没有血迹的伤口发呆。

令玛丽无法承认又不得不接受的事实是，第二天特拉文的确在几件奇妙的幻想事件之后，消失在悬崖峭壁上，他化成的蓝紫色光晕侵蚀着落日的余晖，两个大洋的交界处罕见地平静了下来。

在这次奇妙的实验之旅后没多久，玛丽不仅发现自己的食指伤口可以连接特拉文的信息，更难以置信的是她真的怀孕了。可是在那个环境下，未婚生子，并不能很好地保护这个"唯一的希望"，或者说"致命武器"。直到有一天，一个名叫乔治·内森的人按响了她家的门铃。

"你好，请问你是怀孕了吗？"这个陌生男人问，他见玛丽疑惑的样子，继续说了一个名字，"肖·维尔克。"

玛丽忍着清晨的孕吐感，带这个陌生男人在客厅沙发上坐下。这个男人的穿着搭配都价值不菲，哪怕是精致发型上露出的每一根发丝，都好像是经过百万美元的打造。但如果不是他说出了"肖·维尔克"这句话，玛丽一定不会让这个明显宿醉还未清醒的"人渣"进入自己的家。

玛丽给他冲了一杯咖啡，希望他能清醒地说明白自己的来由。可是这个无礼的自大狂竟然喝了一口，就马上把杯子摔在桌子上，十分不礼貌地抱怨着："这是什么狗屎。"然而，低廉的咖啡仅仅喝了一口，就让这个混蛋清醒了。

"请问您认识我吗？"玛丽还是忍不住继续追问，"你怎么知道肖·维尔克的？"

"你真的知道肖·维尔克？我的上天，我一定是疯了。"这个醉鬼如同经历了世界末日，惊恐地说道。

乔治·内森，是一个官宦子弟，虽然有些政治抱负，但仕途并不顺利，或者说是极其相反。在家族人眼中，他始终只是一个游手好闲、没什么一技之长的蠕虫罢了。但是即便从小生活在这样的偏见中，他内心始终保留着一种纯粹的期待，虽然他自己也说不清那究竟是什么。

乔治十八岁的成人派对邀请了各界名流，与其说成人礼，更像是父母需要的一种社交场合。每一个人的出席都光鲜亮丽，堪比国家的那些盛典。人们忙着互相攀谈和吹捧，建立和完善他们各自的王国。每一次这样的宴会，也是社会信息的更新和互换，甚至是权力和资源的交换。乔治在众人瞩目下，有些战战兢兢地念完了自己准备的演讲稿。每说一个词的时候，乔治·内森的大脑都是一片空白的，更没有任何情绪。因为那些面带期望和微笑的人们，这一刻他们的大脑也是一片空白的。乔治可以感知到这些人的虚假期望，以及形式化的掌声。

尤其是在他还没说完最后几句，台下竟然响起了整整齐齐的掌声。年轻的乔治以为自己视力出现了问题，因为这些人鼓掌的节奏甚至细节到姿势，都如出一辙，恍惚下，他们看起来就是发色不同、五官不同、装扮不同的一群机器人。乔治揉了揉自己的眼睛，这些现出一模一样虚假笑容的人都被定格了。

一个戴着礼帽和眼镜，穿着很复古的英俊青年站起身，他没有笑，只是用奇怪的眼神注视着乔治。

"虽然有点儿晚，但还不赖。"他终于开口说话。

"你是谁啊？"乔治问完，不禁用余光扫了一下在座已经被凝固成雕塑的客人们，整个宴会厅似乎都被凝固住了，只有自己和这个不速之客两个人的呼吸仍在流动。

"叫我特拉文，以后你会经常看见我的，"他摘下礼帽，拿起旁边一个胖老头手里的雪茄，抽了一口，继续说，"虽然这看上去很诡异，但是你一定会习惯的。"说完他就被雪茄呛得咳嗽，抱怨着，"显然这玩意儿很难习惯。"

乔治正被眼前的一切吓得手足无措时，这个不速之客竟然突然消失在眼前。那些在空中静止住的尼古丁分子，不再是空中白云一样静止，缓慢地继续盘旋上升。宾客的喉结也蠕动起来，红酒缓慢地进入他们的消化道。停留在美女脸上的大白眼，也终于渐渐转回了正常。衣冠楚楚的知名政客的手还在翻白眼的美女臀部上上下下缓慢游移着。不远处他的妻子春风得意的笑容，终于释放出了难以入耳的超低音频振动。原本大树般着装的小丑被一帮醉鬼们推倒静止在半空，只有一只脚尖和地面保持着连接，现在连这一点点的连接也慢慢拉开距离，缓缓地落入水池，溅起的水花如同春风中的细雨一般温柔。

乔治在这群震动的雕塑间游动着，好像在观赏一次诡异的展览。正当他沉浸其中的时候，空气中如同紧缩了一般，巨大的压强下，快要燃尽的雪茄突然恢复原样，酒杯里的酒瞬间都回到了酒瓶中，美女竟然在台上妖娆地唱歌，知名政客紧抱着妻子共舞，小丑大笑着给醉鬼们发糖果，而乔治自己竟然坐回到了父亲身边。

"下面就请今晚的寿星，会燃烧这个世界的男人，乔治·内森为我们讲点儿他的感受。"美女突然说这句话，她的歌声戛然而止，如同电影快进了一般。

　　"愣着干吗？儿子？"母亲看他扭捏踌躇的样子十分不悦。

　　乔治略显惊慌地登上台，然而拿着麦克风的时候，刚刚发生的一切还不断在脑海中回放，不敢相信此前发生的一切。当他拿出演讲稿时，再次看见那些被点燃的雪茄，举起的红酒杯，人群的错乱，撒落一地的糖果。乔治撕碎了手里的演讲稿，这是母亲请知名主持人为他写的，为此给了别人不少好处。

　　"我看见的不是你们，瓦特先生，真正高级的雪茄不是这种味道。沃伦先生，请你等会儿不要去占刚刚这位女士的便宜了，她并不喜欢。沃伦太太，你应该多和自己先生沟通。还有小丑，"乔治看着散落一地的糖果，面带忧伤地说，"不要去批判生活赐予你的一切，哪怕是一块糖，至少它是甜的……"话音未落，就被美女主持人抢走了话筒。

　　乔治的父母在台下目瞪口呆，所有看着年仅十八岁的乔治一番胡言乱语后，淡定自若地走下台坐回到父亲身边。

　　"你这个白痴！你是发疯了吗？"母亲尽量压低着嗓音斥责他。

　　"我的天！不要说了。"父亲打住了母亲准备好的一番指责，示意她去继续接待宾客。

　　于是，成人礼后，内森家族的继承人是个疯子的流言便在高级社交圈里传开了。那天过后，乔治·内森被父亲禁足了足足一个月，基本每天都有精神医生或者心理咨询师到家拜访，查看这个少年的精神状况。起初乔治坦诚地陈述自己的所见，包括那个不速之客，每一个医生都拿出同一张当晚宾客名单，根本不可能有他说的那样一个人。

"之后一切顺理成章，我成为一个名副其实的纨绔子弟，还是精神失常的那种。"乔治说。

"那后来呢，特拉文他找过你吗？"玛丽激动地问他。

乔治抖了抖烟灰，忍不住笑出来，说道："你是第一个这么正经问我这个问题的人。"

特拉文的影子出现在每一个乔治不经意的瞬间，窗户玻璃上，课本上的文字间，女友的查岗电话里，保姆给他准备的早餐的盘子上，刚刚换洗好的整洁床单一角，生病时挂的吊瓶里，护士胸前放着笔的口袋里。而事实远远不止于此，特拉文还用各种方式传达了关于自己的一切。比如他有一个重要的学生叫作玛丽，而且这是他将来一定要娶的女人。乔治说到这里，突然坐直身体仔细地打量着眼前的女人。

"嗯……"乔治若有所思地说，"还好，就是有点儿胖，你应该减减肥，现在流行法式的骨感美，当然，我不是同性恋，是直男。"

面对这个出言不逊的男人，玛丽忍不住有些恼怒，说道："时间线上来说根本不可能，不过，你还有什么其他细节吗？"乔治打了个哈欠，也开始有点儿不耐烦，继续回忆着。

"诺兰 49 街，304 号。这个该死的地址每天都是我睁眼说的第一句话，见鬼了。"说着说着，乔治竟然瘫倒在柔软的沙发上睡着了。

房间里充满他的酒臭味，玛丽拿出一套新的睡衣放在桌子上，静静地看着他。玛丽很好奇，当他醒来的时候，第一句话里有没有自己家的门牌号。

2

　　一小口奶油融化在嘴里的时候，感受到了世界的柔情，像情人的轻吻。看得见的美丽脸颊也可以变得很丑陋，因为人们要的其实只是那一小口奶油，没有那么多所谓贪婪的罪恶。妖魔化身的思维给我们定义了奶油的品类、等级、价格，后来还有一种叫作蛋糕的东西，甚至还有了工厂。工厂开始雇用很多工人，工资，管理，家庭，社会，文化，健康，教育，宗教，科学……上天大概明白，这些有多离谱。可是当鬼怪回到它的地狱以后，人们又容易遍体鳞伤，失去了把奶油放进嘴里的能力。这时，才明白它的确是这个世界的一部分，但是仅仅是一部分，不可或缺的一部分，只是我们在一个音符和一个节奏的基础上，一定要写出一部惊世骇俗的舞台剧。

平行时空局对撞后的新世界里，路牌上用经典怀旧的字体写着：伊莎贝拉大区。特拉文站在十字路口，注视着 ID 上的这张照片，这个叫沃克·内森的人，有几分面熟。特拉文抖动的双手不小心把 ID 掉进了路边的下水道排水孔里。虽然不知道这个沃克·内森到底是谁，但是特拉文清楚没了这个 ID 自己会很麻烦。他赶快趴在排水孔上，用钥匙去尝试挑起卡片。但很显然这一定是徒劳，看着下水道里缓缓流动的水，特拉文慌张地干脆把下水道的盖子用力掀起来，扔到一边。特拉文无论怎么用力伸直手臂，还是碰不到那张卡片，它好似掉进了一个深渊里。特拉文把头也伸进深渊中，然后是上半身，最后是整个人跌落到深渊里。那张卡片就好像发出奇妙的蓝光，他感觉有些东西离自己越来越近，但又越来越远。特拉文在地下的蓝色世界里，沉睡了过去，那张卡片也渐渐溶解不见。

一个美丽的短发女人躺在木棺中，她的红唇美得像海边傍晚的篝火，明亮魅惑。特拉文看见她穿着美丽的婚纱，牵着他的手在神父面前立下誓言。

"面临死亡的时候，你后悔了吗，有过恐惧吗，还认为你是对的吗？"说完，她失落地转身离去，留下一个背影。

"你这几年都干吗去了，一点儿音信都没有。"一个陌生的中国男人突然坐在自己对面说。特拉文竟突然从蓝色世界的沉睡中，直接坐在了一辆列车上。

"在家。"他想了想说。看起来他们应该是不错的朋友。

"现在还在写吗？"曾卫吐了一口烟，不禁笑起来，"那看来只有我们两个人丝毫没有改变。"

话音未落特拉文又溶解在了一股尼古丁的眩晕中，这种释放压力的感觉真的太美妙了，特拉文心里想。

曾卫穿过隐形的墙面，进入到一个漆黑的办公室。角落里的 CD 放着音乐，歌曲 *John Wayne*。

"沃克今天来了，据说他的前妻死了。"曾卫说。

办公桌后边的靠椅上一个人在抽着雪茄，他忍不住咳了几声，说："这个鬼东西真难适应。"座椅上的人转过身来，黑暗中看不清楚他的面容，只有模糊的轮廓和奢侈的雪茄烟香味。

"不用管他，既然亚特兰蒂斯的终极计划实验失败了，我们就要启用备选方案了。"这个暗影说。

"你是说消灭伊莎贝拉？"曾卫问道。

"当亚特兰蒂斯终极计划实验失败后，这就是我们消灭这个真正牢狱的办法，早晚都要走这一步。"他回答说。

"根据哈尔博士的研究，我们以各种形式制造的磁场，会慢慢扼杀掉伊莎贝拉大区的犯人。"曾卫说。

"白昼计划，什么时候开始？"暗影问。

"哈尔博士反馈说技术上已经没有问题了，但是乔治·内森那边还要做一些政策宣传上的铺垫，以免引起恐慌，毕竟白昼计划只是第一步。"曾卫想了想说。

"听说伊莎贝拉还有个精神病院，你去查一下。"暗影说。

"好的。"曾卫刚要离开的时候，那个人叫住他，倔强地再次点燃雪茄，星火下可以看见他俊朗的五官和美丽的金发，他嘱咐曾卫说："继续盯着沃克。"

当时空被刻意撕裂出两个分支时，其中一方是注定要被消灭的。哈尔潜伏进了自然时间线上特拉文的神秘科研组织，一直在帮他研发 AI。用 AI 完善或者说去取代这个世界的真实本质，按照计划，在清除人类记忆计划进行时，玛丽和哈尔必须躲藏进之前的时间线。这样一来，才可以保存住这些关键的真实信息，不因记忆在时间线上的有限存储能力而丢失。

于是哈尔的计划，在乔治的协助下，他们成功地"伪造"了玛丽的车祸。这场"真实"的车祸的确让玛丽命悬一线，躺在重症监护室足足三个月。最后在新人类乔治签字同意下，玛丽没有被强制升级，而是躺在病床上用 AI 器官维系生命，做一个计划好的植物人。政府推行 AI，以及后来的新人类计划，都在那个叫作星光会的组织操控下。而这个星光会的背后就是这条时间轴上的特拉文，伊莎贝拉摧毁了原本要大沦陷的时间局，塑造了一个存在着伊莎贝拉大区的平行世界。但是苏醒的只是特拉文的一部分，这个仍有希望的时空局仍残留着一个特拉文。

哈尔和乔治都成为潜伏在特拉文身边的间谍，不同于乔治的是，哈尔作为前沿科技的研究者，自己免于被强制升级。而如他们所料，沃克自己选择留在了伊莎贝拉大区。同时哈尔已经研究出如何遥视时空局，但这是一个他绝不能透露给特拉文的秘密，因为好望角的那条线正是玛丽的藏身之所。这是一场特拉文追捕自己的游戏，他们除了这些举手之劳，只能旁观。

时空局大碰撞之后，特拉文觉悟的灵性被对方击败，在错乱的时间轴中不断反弹，如同一个失控的皮球。而残留下的特拉文却留在了这个新世界，他的记忆被篡改，本来万无一失的摧毁地球牢狱的任务，竟然最后变成了新人类与伊莎贝拉大区之间的对立。

而可笑的是，伊莎贝拉这个名字对这个特拉文来说，成了一个有些莫名熟悉的名字。是那次星光会高层会议上，对于如何隔离这些顽固不化的人类，大家对区域的划分产生了激烈的争执。每个利益集团都不愿意自己的管辖区域有一个即将腐烂的鸡蛋，他们还都沉浸在特拉文的许诺中。这些忠诚的会员，他们都深信特拉文地球炼狱的说法，更希望能毁灭这个牢狱，然后跟着特拉文一起逃离这里，不再被奴役。

"伊莎贝拉。"在激烈的争执声中，沉默了许久的特拉文突然说，会场骤然安静了下来。

"您是什么意思，先生？"代表曾卫说。

特拉文拿着笔在文件头上写下"ISABELLA"，然后说："我也不知道，应该就是叫这个名字。"

"噢，您是说名字吗？这不重要，主席，我们现在还是以最快的速度决定好犯人隔离区的位置。"代表曾卫说。

"这是最重要的。"特拉文皱着眉说。连续进行了两天两夜的会议，终于确定了犯人隔离区在全世界的分布位置。而特拉文并没有听进去一个字，从头到尾，他把案头厚厚的文件写满了"伊莎贝拉"这个名字。

每一个能够稳定的时空局里，绝不能允许任何能参透其中能量变化规则的灵力存在，或者说时空局会最终以某种方式将它剔除或者扼杀。另一边没多久就被打击到错乱时空的特拉文，不断在各种诡异的时空游走。直到成为一名近代的物理学家时，这是他在无数次穿行中，距离出发点最近的一次。想要回去，找到肖·维尔克的秘密，重出星门，这是最好的一次机会，当然也很有可能是最后一次。

当他在到达好望角岛屿上的那一刻，就已经感知到自己身体内的振动和奇怪环境又要彼此纠缠了。充满灵力的他，在迷途的几天中渐渐失去了灵力，甚至开始不辨方向，身体虚弱。尤其在见到那个岛上的诡异族长以后，他开始感觉到每一次呼吸的力量，还有来自地心的引力。慌乱的特拉文，在深夜咬破了玛丽的手指，希望自己能留下能量的痕迹，终有一天还能找得回来，回到伊莎贝拉创造的时间局里。

"你接下来会怎么做？"乔治问。

"带着这些罪恶的证据，去向灵力世界揭秘那些审判者自己的罪行。就如同伊莎贝拉说的，先找回星门。"沃克回答。

星云的另一侧，特拉文跌跌撞撞地爬回了地球的星门，可是管理员还在厕所没回来。特拉文逃跑的时候顺走了一串钥匙，能量微弱的他已经发不出任何声音。特拉文奔向灵力仲裁者的路上，用尽全力保留所有在地球炼狱里的记忆，可是残留蓝色的光斑还是不断地在他的身后。

　　"这两个家伙，说好了就九秒钟，怎么这么慢……"管理员抱怨着从厕所回来了。看着敞开的星门，他愣在原地一动不动。

　　"伊莎贝拉！"他大喊道。

　　暗影人的办公室灯被打开，沃克走向躺在地上的一具尸体前，把那个 ID 扔在他身上。

　　"特拉文 B3303 — VSSACR，朋友，这个名字真的太难听了。"他说。

　　这个办公室的四面墙贴满了镜子，由不同形状拼凑起来，就好像一面完好无损的镜子被砸碎又被安装回去一样。沃克脱下衣服，赤身裸体地站在房间的中央，他看着镜子里的自己，不禁用手滑过性感的锁骨，还有乳房漂亮的曲线。